KB134095

대학권장도서 베스트 05

베니스의 상인 · 맥베스

대학권장도서 베스트 05

베니스의 상인 · 맥베스

셰익스피어 지음 | **김재남(전 동국대 교수)** 옮김

The Merchant of Venice

· Macbeth

좋은 책 좋은 독자를 만드는 ─

㈜신원문화사

차례

✤

베니스의 상인

맥베스

베니스의 상인

1막

1장

베니스의 부두

안토니오·살레리오·솔레니오, 이야기를 하면서 등장.

안토니오 아! 왜 마음이 이렇게 우울할까, 답답해 죽겠어. 자네들도
답답하지? 그런데 대체 이 답답증은 어떻게 어디서 걸린 것인지,
또 어떻게 만난 것인지, 대체 이 병은 무엇으로 만들어지고 어디서
튀어나온 것인지, 도무지 알 수가 있어야지. 어찌나 슬프고 답답한
지 난 내 자신을 가누지 못할 지경이네.

살레리오 자네의 마음은 바다에서 뒹굴고 있거든. 글쎄, 자네 상선들
이 돛에 바람을 실어 바다의 신사나 부호같이, 아니 바다의 꽃수레
처럼 굽실대고 황공해하는 작은 배들을 본체만체, 날개 같은 돛을
달고 쏜살같이 날아가고 있잖은가.

솔레니오 하여튼 나 같은 사람이 그런 모험을 한다면, 마음의 대부분
은 바다 위에 떠 있을 거야. 부두나 정박소를 찾느라고 지도와 씨

름을 하고 있겠지. 무역에 조금이라도 장애가 생기면 마음이 우울해지고 말이야.

살레리오 나 같은 놈은 바다에 큰 바람이 일지나 않을까 걱정하던 끝에, 훅훅 불어 국을 식히는 입바람에도 아마 학질에 걸리고 말걸. 그리고 모래시계에서 모래가 흐르는 것만 봐도 여울이나 갯바닥을 연상하고, 상품을 만재한 나의 앤드류 호가 돛대 꼭대기를 모래에 처박고 무덤에 키스하는 장면을 상상할 거야. 또 석조로 된 교회만 봐도 당장에 험한 암석이 눈앞에 선하고, 이 암석이 약한 배 옆구리에 닿기만 하면 향료 같은 것은 온통 바닥에 쏟아질 것이고, 파도는 비단옷으로 장식되겠지. 글쎄 지금까지만 해도 이만저만하던 재산이 순식간에 무일푼이 되는 그런 광경이 떠오를 걸세. 나도 이만한 생각쯤은 할 수 있으니까. 그런 경우엔 당연히 실망하겠지. 하지만 얘기 안 해도 좋네. 안토니오, 자네가 무역품을 걱정해서 우울하다는 것쯤은 나도 알고 있으니 말일세.

안토니오 실은 그게 아니야. 다행히도 나는 배 한 척이나 한 장소에만 투자를 한 것도 아니고, 전 재산이 금년 한 해의 운수에만 달려 있는 것도 아닐세. 그러니까 나는 장사 때문에 우울한 건 아니야.

솔레니오 그럼 연애를 하고 있나 보군.

안토니오 원 천만에!

솔레니오 연애도 아니라고? 옳지, 그럼 즐겁지 않으니 답답한 거라고 해 둘까. 그러니까 웃고, 뛰고, 슬프지 않으니까 즐겁다고 말할 수 있잖은가? 그건 그렇고, 두 얼굴의 야누스 신을 두고 맹세하지 않더라도 정말 조물주는 묘한 인간들을 만들어 놓았지 뭔가. 글쎄, 밤낮 가느다란 눈을 하고 있다가 우습지도 않은 자루피리 소리만

들어도 앵무새같이 깔깔대는 자가 있는가 하면, 어떤 자는 항상 이맛살을 찌푸리고는 저 현명한 네스터가 우습다는 당연한 농담에도 이를 드러내 웃으려고도 하지 않으니 말이야.

배사니오·로렌조·그라시아노 등장.

솔레니오 자네의 가장 귀한 친척인 배사니오 씨가 오는군 그래. 어, 그라시아노와 로렌조도 함께 오는데. 마침 좋은 친구들이 왔군. 그럼 우리는 이만 실례하겠네.

살레리오 나도 좀 더 같이 있으면서 자네 마음을 위로해 주었으면 싶지만, 마침 더 훌륭한 친구들이 왔으니 이만 가 보겠네.

안토니오 자네들도 내게는 대단히 훌륭한 친구들일세. 아마 볼일들이 생겨서 핑계를 대는 거겠지?

배사니오 (다가오면서) 어이, 친구들 언제 같이 만나서 웃어 볼까? 자, 언제쯤이 좋겠나? 이런, 몹시 서먹서먹한데, 정말 이러긴가?

살레리오 이 다음에 시간을 내서 찾아오겠네.

살레리오와 솔레니오 인사하고 퇴장.

로렌조 배사니오 씨, 이제 안토니오 씨를 만났으니, 저희들은 가 보겠습니다. 하지만 점심때 약속한 장소는 부디 잊지 마십시오.

배사니오 염려 말게.

그라시아노 안토니오, 안색이 좋지 않군. 세상사를 너무 염려하는 것 아닌가? 그렇게 고심해서 손에 넣어 봤자 결국은 손해지. 하지만 어디, 원, 이렇게 변할 줄이야.

안토니오 여보게 그라시아노, 나는 세상사를 곧이곧대로밖에 보지 못하네. 말하자면 세상은 사람들이 그 위에서 연극을 하는 하나의 무대라고나 할까. 한데 나는 거기서 슬픈 역할을 맡고 있는 거라네.

그라시아노 그렇다면 난 광대역이나 맡겠네. 즐겁게 웃고 주름살이나 잔뜩 생기게 해야지. 그리고 상심해서 심장을 식히느니 차라리 술이라도 마셔 간을 뜨겁게 하겠네. 따뜻한 피가 흐르고 있는 인간이, 왜 노인네의 모습을 한 조각상처럼 가만히 앉아서 눈을 뜨고도 졸고 있어야 하지? 왜 심술을 부리다 황달에 걸려 노래져야 하느냐 말일세. 안토니오, 난 자네가 좋네. 그래서 하는 말이지만, 세상에는 썩은 연못같이 어두운 얼굴을 하고서는 지혜롭다느니 하는 세상의 평을 받기 위해 일부러 침묵하다가, '나는 예언자다, 내가 입을 열 때는 개도 짖지 못하게 하라.'는 표정을 짓는 묘한 족속들도 있지. 오, 안토니오, 난 그런 작자들이 침묵하고 있기 때문에 현명한 사람 취급을 받고 있다는 걸 알고 있네. 하지만 그들이 입을 열기만 하면 누구든지 그 바보 같은 소리에 귀를 틀어막게 된다네. 아니, 이런 얘긴 나중에 더 자세히 하도록 하세. 그러나 그 우울증이라는 미끼로 세상의 평이라는 멍청한 잉어를 낚지는 말게. 여보게 로렌조, 우린 그만 가지. 그리고 내 설교는 점심 먹고 나서 끝맺기로 하자고.

로렌조 그럼 나중에 다시 뵙겠습니다. 저는 방금 말한 그 벙어리 군자가 될 수밖에 없습니다. 그라시아노가 어디 말할 기회를 줘야죠.

그라시아노 글쎄, 나와 이 년만 더 사귀어 보라니까. 자네 혀에서 나오는 말조차 잊을 테니 말이야.

안토니오 잘들 가게, 이젠 나도 좀 수다스러워져야겠는걸.

그라시아노 아, 고맙네. 침묵이 칭찬받을 곳이라고는 마른 암소의 혀나 안 팔린 노처녀밖에 없어.

그라시아노와 로렌조, 함께 팔짱을 끼고 웃으면서 퇴장.

배사니오 그런 걸 말이라고 하는 겐가? 그라시아노는 허튼소리 하는 걸로 치면 베니스 천지에서 가장 으뜸일걸. 저 친구 얘기 가운데 도리에 맞는 걸 찾자면 왕겨 네 자루 속에 섞여 있는 두 알의 밀을 찾는 격으로, 온종일 수고해야 찾아볼 수 있을까. 하긴 그렇게 찾아내 봤자 그만한 가치도 없지만 말이야.

안토니오 그건 그렇고, 자 얘기해 봐. 자네가 남몰래 찾아가 보겠다던 그 처녀 말이야. 오늘은 얘기하겠다고 나와 약속했잖나?

배사니오 여보게, 자네도 모르는 바 아니지만, 내 미약한 재력으로는 도저히 지탱할 수 없을 정도로 호화로운 생활을 해 놔서 내 재산은 거의 탕진하고 말았네. 지금 그런 호화로운 생활과 작별하고 싶지 않아서 그런 것이 아니라, 내 큰 걱정은 어떻게 해서든지 그 큰 빚을 청산하자는 거야. 다소 지나친 낭비 생활 때문에 진 빚 말이야. 여보게 안토니오, 금전적으로 보나 사랑 문제로 보나 난 자네 신세를 많이 졌어. 그래, 지금 난 자네 우정을 믿고 내 계획과 의도를 모두 털어놓겠네. 내가 진 빚을 청산할 방법을 말일세.

안토니오 배사니오, 제발 어서 얘기해 보게. 체면에 관한 일만 아니라면, 자네가 그럴 리 없겠지만, 아무튼 내 지갑이고 내 육체고, 내 힘으로 할 수 있는 것은 모두 자네 편의를 위해서 제공하겠네.

배사니오 학교 다닐 때 얘기지만, 화살을 하나 잃으면 난 화살을 찾기 위해 다른 화살을 같은 높이와 같은 방향으로 좀 더 신중히 겨냥해서 쏜 일이 있네. 이렇게 둘 다 모험에 걸어서 둘 다 찾은 일도 꽤 있었지. 이런 얘기를 하는 이유는 지금부터 내가 할 얘기도 순전히 유치한 그런 내용이네만, 자네한테 진 빚도 많은데, 고약 말 같지만 그건 떼인 셈 치게. 그러나 하나만 더 처음과 같은 방향으로 화살을 쏘아 준다면, 과녁은 내가 잘 눈여겨봐 둘 테니까 틀림없이 둘 다 찾게 되든가, 아니면 적어도 나중 것만은 찾아와서 처음의 채무밖에 남지 않게 될 것 아닌가.

안토니오 자넨 날 잘 알잖나. 그러면서 내 우정을 먼발치로 떠보는 건 시간 낭비네. 첫째 내가 자네를 위해 최선을 다해 줄 것인지를 의심하다니, 이건 자네가 내 재산을 모두 탕진해 버리는 것보다 더한 모욕이야. 그러니 내 힘으로 할 수 있는 일이라면 어떻게 하라고 말만 해주게. 난 기꺼이 하겠네. 자, 어서 말해 보게.

배사니오 다른 게 아니라 벨몬트에 굉장한 유산을 물려받은 여자가 있는데, 외모도 외모지만 그보다는 그 인품이 비상하고 고결한 여자라네. 나는 그녀의 눈에서 무언의 정다운 말을 받곤 했지만……. 포셔라는 이름인데, 케이토의 딸이며, 브루투스의 아내였던 저 유명한 로마의 포셔에 비해 조금도 손색이 없다네. 그뿐 아니라 얌전하다는 소문이 여기저기 퍼져서 동서남북 할 것 없이 각지의 해안으로부터 유명한 구혼자들이 밀려들고 있지. 그녀의 빛나는 머리카락은 황금 양털처럼 이마에 늘어져 있는데, 이 때문에 그녀가 살고 있는 벨몬트는 옛날이야기에서 제이슨이 찾아갔다는 콜코스 해안처럼, 수많은 영웅들이 그녀를 찾아들고 있다네. 그런데 여보게 안토니오, 그 작자들과 경쟁할 만한 재력만 있다면, 내 예감이네만 난 반드시 성공하여 행운을 누릴 수 있을 것만 같네.

안토니오 그러나 아다시피 내 전 재산은 지금 바다에 있거든. 수중에 는 현금도 상품도 아무것도 없으니까, 자 그럼, 돈을 구하러 가 보 자고. 베니스 시내에서 내 신용을 담보로 구해 보세. 무리를 해서 라도 최선을 다해 봐야지. 벨몬트의 아름다운 포셔를 찾아갈 여비 쯤은 어떻게 되지 않겠나. 자, 어서 가서 돈을 얻을 만한 곳을 알아 보게, 나도 알아보겠네. 내 신용이나 친분으로 그런 돈쯤은 얻을 수 있을 거야. (퇴장)

2장

벨몬트, 포셔의 집 (홀)

무대 뒤쪽에 복도가 있고, 그 밑에는 작은 방으로 통하는 입구가 있으며, 이 방은 커튼으로 가리워져 있다.

포셔와 시녀 네리서 등장.

포   셔   네리서, 조그만 이 몸뚱아리는 크나큰 이 세상이 정말로 싫어졌다.

네리서   참, 아가씨도. 아가씨의 행복만큼 불행도 그렇게 많으시다면 그럴지도 모르죠. 하지만 사람은 너무 행복에 겨우면 가난에 쪼들릴 때나 마찬가지로 괴롭다나요. 그러니까 중간쯤의 처지도 흔한 행복이 아니에요. 팔자가 좋으면 너무 머리가 빨리 세지만, 적당히 살면 장수한다잖아요.

포   셔   옳은 말이야. 게다가 표현도 기가 막힌데.

네리서   그 말대로만 잘 지키면 더욱 좋을 거예요.

포 셔 누가 아니래. 좋은 일을 하는 것이 생각처럼 쉽다면야, 조그마한 예배당도 큰 교회와 같을 것이고, 가난한 오두막집도 저택이나 다름없겠지. 신부가 뒤에서 호박씨를 깐다지 않니. 나만 하더라도 이십 명에게 선행을 하라고 가르치기는 쉽겠지만, 그런 교훈을 나 보고 실천하라면 손을 들고 말 거야. 머릿속에서는 아무리 감정을 억제하려 해도 젊은 혈기는 그런 차디찬 명령쯤 뛰어넘어 버리니……. 청춘은 미친 토끼라고나 할까, 절름발이 같은 이성의 그물쯤은 훌쩍 뛰어넘고 마는걸. 하지만 이런 이치를 따져 봤자 남편이 골라지는 것도 아니고, 아 원수 같은 이 고른다는 말! 마음에 드는 사람을 택하지도 못하고, 싫은 사람을 거절하지도 못하는 내 신세 좀 봐. 살아 있는 딸의 의견이 죽은 아버지의 유언에 이렇게까지 제약을 받고 있다니. 애, 네리서. 선택도 거절도 자유로이 하지 못하다니 너무 가혹하지 않니?

네리서 아버님은 참 훌륭한 분이셨어요. 성인이 운명하실 땐 영특한 생각이 떠오른다고 하잖아요. 그러니까 아버님께서 금, 은, 납, 세 개의 상자 속에 쪽지를 넣어 놓으시고 그분의 뜻을 뽑는 사람에게 아가씨를 출가시킨다고 한, 이 방법이 얼마나 현명한 거예요? 그건 그렇고, 지금까지 찾아온 왕후 귀족의 청혼자들 중에 혹시 마음에 드는 분이라도 있으세요?

포 셔 그럼, 수고스럽지만 한 분 한 분 이름을 대 봐. 이름을 대면 내가 인품을 말할 테니, 그 말로 내 마음을 짐작할 수 있을 거야.

네리서 첫째 나폴리 왕이 있습니다.

포 셔 아, 그분은 망아지나 다름없어. 그래서 그런지 밤낮 자기 말 얘기만 하더구나. 그리고 손수 말에다 편자를 신길 수 있다는 것을 굉장히 자랑하더구나. 그분 어머니가 대장장이와 무슨 일이 있었는지도 모르지.

네리서 다음은 팰러타인 백작입니다.

포 셔 그분은 상을 찌푸리는 것밖에 모르고, 마치 '내가 싫거든 맘대로 해라!'는 것 같아. 재미있는 얘기를 들어도 웃지를 않고, 아마 그런 분이 늙으면 비관론자가 되지 않을까. 글쎄, 젊은이가 어디 그렇게 청승맞아서야……. 그런 사람과 결혼하느니 차라리 뼈다귀를 물고 있는 해골과 결혼하겠어. 그런 작자들은 정말 꼴도 보기 싫다고.

네리서 그럼 프랑스 귀족 르봉 씨는 어떠세요?

포 셔 그분도 신이 만드셨으니까 당연히 사람 대접은 해줘야겠지. 남의 흉을 보는 것이 죄라는 것쯤은 나도 알고 있지만, 그분은 참 기가 막힐 정도야. 글쎄, 말에 관해서는 나폴리 왕 뺨칠 정도고, 찌푸리는 버릇으로 말하자면 팰러타인 백작보다 한술 더 뜨는걸. 개성이 없는 소인배랄까. 똥지빠귀가 울면 금방 펄쩍 뛰면서 제 그림자하고라도 싸움을 할 사람이야. 그런 수다쟁이와 결혼했다간 수십 명의 남편을 얻는 것과 뭐가 다르겠니. 날 미워한다고 해도 난 용서해 줄 수 있어. 어차피 그가 나를 미칠 듯이 사랑한다 해도 난 조금도 마음을 열 수 없으니까 말이야.

네리서 그럼 영국의 젊은 포큰브리지 남작은 어떠세요?

포 셔 그분과는 어디 말이 통해야지. 그쪽에서는 내 말을 못 알아듣고, 난 그쪽 말을 못 알아들으니 말이야. 그분과는 라틴 어도 프랑스 어도 이탈리아 어도 통하지 않고, 난 네가 알다시피 영어라곤 한 마디도 모르잖니. 그림 같은 미남이긴 하지만, 아, 벙어리 영국인하고 무슨 말이 통해야지. 게다가 그의 옷차림은 참 가관이더구나! 암만해도 조끼는 이탈리아에서, 홀태바지는 프랑스에서, 모자는 독일에서 그리고 예의범절은 세계 각지에서 각각 따로따로 사 들인 모양이야.

네리서 그 이웃에서 오신 스코틀랜드의 귀족은 어떻게 생각하세요?

포　셔 그분은 이웃 간의 인심이 후한 분이시더구나. 글쎄 저 영국인 한테 따귀를 한 대 얻어맞자, 능력이 된다면 기어이 또 한 대를 맞 겠다는 거야. 그런데 저 프랑스 양반이 이 일에 보증을 서고 도장 을 찍은 모양이야.

네리서 그럼 색소니 공작의 조카 되시는 저 젊은 독일인은?

포　셔 그분은 아침에 멀쩡할 때도 고약하지만, 저녁때 술이 취하면 이만저만 고약하지가 않더구나. 가장 좋을 때도 인간 이하고, 가장 나쁠 때는 짐승이나 다름없어. 그러니 난 최악의 경우가 오더라도 그 사람 신세는 지지 않도록 할 거야.

네리서 하지만 만약 그분이 상자를 고르겠다고 대들어서 아버님 뜻 이 담긴 상자를 골라내는 경우에, 아가씨가 거절하시면 그건 아버 님의 유언을 거역하는 것이 되지 않을까요?

포　셔 그러니 그런 일이 없도록, 제발 틀린 상자 위에 라인 산 포도 주가 가득 든 술잔을 갖다 놔 줘. 그렇게 해 놓으면 그 상자 속에 악 마가 들어 있더라도 곁에 술이라는 유혹이 있으니, 반드시 그 상자 를 고르고 말 거야. 네리서, 난 무슨 짓을 해서라도 그와 같은 술꾼 하곤 결혼하지 않겠어.

네리서 염려 마세요, 아가씨. 그분들 누구와도 결혼하지 않아도 될 테 니까요. 그분들이 속마음을 제게 털어놓았어요. 상자 고르기를 실패하면 다들 고국으로 돌아가서, 다시 청혼하기 위해 아가씨를 괴롭히지는 않겠다고 했어요. 하긴 아버지의 유언이 담긴 상자를 고르는 것 말고 다른 방법으로 결혼할 수 있다면 얘기가 다르지만요.

포 셔 난 시빌라처럼 오래오래 산다 해도, 아버지 유언대로 결혼하지 못한다면 달의 여신처럼 독신으로 살다 죽을 테야. 아무튼 구혼자들이 그렇게 체면을 차려 주니 고맙구나. 그중에 떠나지 않았으면 하는 사람은 한 사람도 없으니 말이다. 제발, 하느님 덕분에 편히들 가시기만 바랄 뿐이지.

네리서 아가씨, 혹시 기억나지 않으세요? 아버님이 살아 계실 때 베니스에서 몽페라트 후작과 같이 오셨던, 문무를 겸하신 분 말이에요.

포 셔 음, 음, 배사니오 씨 말이지? 아마 그런 이름이었지.

네리서 네, 그래요. 멍청한 제 눈에도 그분이야말로 아름다운 아내를 맞을 만한 분 같아요.

포 셔 그분이라면 나도 잘 기억하고 있어. 그래, 네 말처럼 훌륭한 분이신 것 같더구나.

하인 등장.

포 셔 왜 그러지, 무슨 소식이냐?

하 인 네 분 손님이 아가씨를 뵙고 떠나시겠답니다. 그리고 새 손님 모로코 왕의 사신이 도착했는데, 왕께서 오늘 밤 이곳에 도착하신답니다.

포 셔 네 분 손님을 보내는 기쁜 마음으로 다섯 번째 분을 맞을 수 있다면야 오죽이나 반갑겠니. 하지만 만약 그분의 마음이 성자 같다

해도 얼굴이 악마 같을 바에야 날 얻을 생각은 하지 마시고 차라리 나의 고해성사를 들어 줄 신부님이라도 되어 주었으면 좋으련만. 그럼 네리서, 넌 먼저 들어가라. 청혼자 한 분을 보내고 나니, 또 다른 분이 찾아오는구나. (퇴장)

3장

베니스의 거리, 샤일록의 집 앞

배사니오와 샤일록 등장.

샤일록   삼천 더커트라, 음.

배사니오   그렇소, 그것을 석 달만 좀.

샤일록   석 달이라, 음.

배사니오   아까도 말했지만 보증은 안토니오가 서니까요.

샤일록   보증은 안토니오 씨가, 음.

배사니오   좀 도와주시겠소? 청을 들어주시겠소? 무슨 말씀을 해주시오.

샤일록   삼천 더커트를 석 달 동안이라. 그리고 보증은 안토니오씨가?

배사니오   그렇다니까, 어서 대답을 해 보시오.

샤일록   안토니오 씨는 좋은 사람이죠.

배사니오   아니, 무슨 좋지 않은 얘기라도 들었단 말이오.

샤일록 원 천만에요, 천만에. 내가 그분을 좋은 분이라고 한 것은 그 분 같으면 충분한 재력이 있다는 뜻이오. 하지만 그분 재산은 확실치가 않소. 그분의 상선 한 척은 트리폴리로, 다른 한 척은 서인도로 가는 중이라는데. 이 밖에도 거래소에서 듣자니 세 번째 배는 멕시코로, 네 번째 배는 잉글랜드로 나가 있고, 그 외의 다른 자본들도 세계 각지에 흩어져 있다더군요. 그런데 배라는 것이 나무 판자에 불과하고 선원이란 것도 보통 사람에 불과하잖소. 게다가 땅쥐, 물쥐, 땅도둑에다 물도둑, 그래요. 해적 말입니다만, 이런 것들이 있는가 하면 폭풍우와 암초의 위험까지 있지 않습니까. 뭐, 하긴 그렇더라도 그분이라면 재력이 충분하지요. 삼천 더커트라. 그럼 안토니오 씨의 보증을 받아 볼까요.

배사니오 그건 염려 마시오.

샤일록 그럼 염려 않기로 하죠. 그리고 그렇게 하려면 좀 생각해 봐야겠소. 그런데 안토니오 씨와 만나서 얘기 좀 했으면 싶은데요.

배사니오 괜찮으시다면 저희들과 같이 식사나 합시다.

샤일록 (방백) 음, 돼지고기 냄새를 맡으란 말이지. 저 나사렛의 예언자가 마술을 써서 악마를 돼지 뱃속에 몰아넣었다는 그 악마의 집을 먹으란 말이군. 너희들과 거래도 하고, 산보도 하고, 같이 이야기도 하고, 이 밖에 다른 일은 하겠지만, 식사나 술은 못 하겠다. 거래소에 무슨 소식이라도 있었나? 누구요, 저기 오는 분은?

안토니오 등장.

배사니오 안토니오로군. (안토니오를 한쪽으로 데리고 간다)

샤일록 (방백) 어쩌면 저렇게도 신에게 아첨하는 세납원 같은 낯짝을 하고 있을까? 저놈이 그리스도교이기 때문에 더 밉단 말이야. 어디 그뿐인가, 비열하게도 굽실거리며 무이자로 돈을 꿔 주고는, 베니스의 우리 대금업자 사이에 이자를 낮추고 있으니 더욱 미워 죽겠어. 나한테 약점을 한 번만 잡혀 봐라, 쌓이고 쌓인 원한을 톡톡히 갚아 줄 테다. 저 녀석은 우리네 조상들을 증오하고, 상인들이 모여 있는 곳에서 내 장사를 비난하고, 정당하게 모은 내 재산을 비난하고 있지. 저런 놈을 내버려두면 우리네 민족이 저주를 받으렸다.

배사니오 이보시오, 샤일록 씨!

샤일록 아, 난 지금 수중의 현금을 계산해 보는 중인데, 아무리 기억을 더듬어 봐도 삼천 더커트란 거액을 당장은 마련하진 못할 것 같소. 하지만 염려할 것은 없소. 우리 동족 튜벨이라는 부자가 있으니 만나 봅시다. 가만 있자, 몇 달 동안 쓰신다고 했지요? (안토니오에게 인사를 하면서) 안녕하시오, 지금 댁 얘기를 하던 참이었죠.

안토니오 샤일록 씨, 난 금전 거래는 이자 없이 해 왔소만, 이 친구가 급히 필요하다기에 이번만은 예외로 했소. (배사니오에게) 필요한 금액은 얘기했나?

샤일록 아, 예, 삼천 더커트라죠.

안토니오 그걸 삼 개월만.

샤일록 아차, 깜빡 잊었었네요. 삼 개월이라죠. 그럼 댁의 보증을 받읍시다. 그런데 가만 있자, 지금 댁의 말씀을 듣자니 이자 있는 금전 거래는 안 하신다고요?

안토니오 그렇소.

샤일록 야곱이 자기 삼촌 라반의 양을 치던 때의 얘기인데, 야곱으로 말하자면 우리의 신성한 조상 아브라함의 삼 대째 상속자이지요. 그렇게 될 수 있었던 건 어머니의 슬기로운 지혜 덕분이었지만.

안토니오 그래, 그분이 어쨌단 말이오? 이자라도 받았단 말이오?

샤일록 천만에요, 이자를 받다니. 댁의 말씀처럼 직접 이자를 받은 것은 아니지만, 그분이 어떻게 했나 좀 들어 보시오. 글쎄 숙질간에 이런 약조를 했답니다. 만약 양이 새끼를 낳으면 그중에서 줄무늬와 점박이는 죄다 야곱의 품삯으로 차지하기로 말입니다. 그런데 그해, 늦은 가을에 암양이 발정하여 숫양을 찾아가서 양들 사이에 번식 활동이 행해지고 있는 틈에, 이 약은 목동은 나뭇가지 껍질을 벗겨 가지고 가서는 교미가 절정에 달하고 있는 암양 눈앞에 꽉 박아 놓았답니다. 그랬더니 암양이 점박이 새끼양만 잔뜩 낳았다지 뭡니까. 그러니, 이것이 죄다 야곱의 차지가 되었지요. 이것이 바로 부자가 되는 방법이라는 거요. 야곱은 참 복이 많으셨지요. 도둑질만 아니라면 부자가 되는 건 축복할 일이지요.

안토니오 야곱이 한 짓은 일종의 투기요. 자기 힘으로 그렇게 된 것이 아니라, 순전히 하느님의 힘에 좌우된 것이오. 그래, 이자를 정당화하려고 이 성서 얘기를 꺼낸 거요? 아니면 당신네 금은은 모두 암양 숫양들이란 말이오?

샤일록 글쎄요. 아무튼 나는 돈도 자주 새끼를 치게 합니다. 하지만 잠깐 내 얘길 들어 보십시오.

안토니오 (방백) 저 소리 들었나, 배사니오? 이 악마 같은 녀석이 제 잇속을 위해서 성서까지 들먹거리는 걸 보게. 성서를 들어서 증거를 대는 건 악당의 웃음이나 같은 걸세. 속이 썩은 능금이나 같은 거라고. 아, 속은 겉보기와 다르단 말일세!

샤일록 삼천 더커트라, 상당한 거액이군요. 십이 일부터 삼 개월 기한
이라. 음, 이자를 좀 계산해 봐야지.

안토니오 그래, 융통 좀 해주시겠소?

샤일록 안토니오 씨, 실은 여러 차례 거래소에서 날 욕하셨지요? 내
대금과 이자에 대해서 말입니다. 그래도 난 어깨를 움츠리고 다 참
아 왔소. 참을성은 우리 민족의 특성이니까요. 나를 이단자니 살
인하는 개니 하면서 당신은 우리 유대인의 웃옷에 침을 뱉었소. 내
가 내 것을 쓴다는데도 말이오. 그런데 이제 보니 내 힘을 빌리자
고 하는군요. 당신은 내 수염에다 가래침을 뱉고, 도둑개를 차듯이
날 문지방에서 내몰더니 이제 와선 돈을 청하고 있군요. 글쎄 뭐라
해야 좋을까? '개가 어디 돈이 있나요?' 내가 엎드려서 종 놈 같은
어조로 숨을 죽여 가면서 겸손하게 중얼거려야 할까요? 이렇게요,
'나리께서는 지난 수요일 제게 침을 뱉고, 그 어느 날에는 날 발길
로 차고, 언젠가 개라고 불렀지요. 그런 친절에 대한 보답으로 이
만한 돈을 빌려 드리리다.' 라고요.

안토니오 난 앞으로도 그렇게 욕을 하고, 침을 뱉고, 차고 하겠소. 이
돈을 빌려 주더라도 행여 친구에게 빌려 준 거라고는 생각 마시오.
친구끼리 누가 돈을 꿔 주고 이자를 받는단 말이오. 그러니 원수한
테 돈을 빌려 주었다고 생각하시오. 그렇게 하면 계약을 어겼을 때
떳떳이 위약금을 청구할 수 있을 테니까.

샤일록 아니, 왜 이렇게 야단이시오. 난 댁하고 사귀어서 우정도 나누
고 싶고, 여태껏 받은 모욕도 싹 잊고 이자는 한 푼 없이 지금 필요
하시다는 금액을 구해 드릴 생각이었는데, 내 말에는 막무가내시

군요. 이건 내 선심에서 우러난 건데요.

안토니오 사실이 그렇다면 고맙소만.

샤일록 그럼 내 친절을 보여 드리지요. 자, 함께 공증인에게 가서 단독 명의로도 좋으니 차용 증서에 도장을 찍어 주시오. 그리고 이건 장난삼아 얘깁니다만, 만약 증서에 명시된 일정한 금액을 일정한 시일, 일정한 장소에서 갚지 못할 때에는 위약금조로 댁의 기름진 살을 꼭 일 파운드만 내 마음대로 어디서나 베어 내기로 하면 어떻겠소?

안토니오 아, 좋소. 그 증서에 도장을 찍지요. 그리고 유대인도 매우 친절하더라고 세상에 광고하겠소.

배사니오 여보게 나 때문에 그런 증서에 도장을 찍으면 안 되네. 옹색한 것쯤 차라리 내가 참겠네.

안토니오 이 사람아 걱정할 것 없어. 나는 계약을 위반하지 않을 테니까. 글쎄 두 달 안에, 증서의 기한보다 한 달이나 앞서 차용 금액의 아홉 배나 되는 돈이 들어올 예정이니까 말이야.

샤일록 (방백) 아이고, 아브라함 아버지 맙소사. 이 기독교인들 좀 보게. 이젠 남의 속까지 의심하는 모양이군.

자, 한마디 물어 봅시다. 계약을 위반하는 경우, 내가 그 위약금조를 받아서 무슨 소득이 있겠소? 사람 몸에서 베어 낸 살 일 파운드는 양고기나 쇠고기나 염소 고기보다도 아무 쓸데없고 가치도 없소. 난 호의를 사려고 이만한 우정을 베푸는데 받아 준다면 좋고, 싫다면 하는 수 없죠. 그러나 제발 날 오해하지는 마시오.

안토니오 좋소. 그 증서에 도장을 찍겠소.

샤일록 그럼 공증소에서 곧 만납시다. 이 재미있는 증서를 작성해 놓도록 공증인에게 지시해 주시오. 난 가서 곧 돈을 마련하지요. 그런데 되지 못한 놈한테 집을 맡겨놔서 걱정스러우니 집에 좀 다녀와야겠소. 그런 뒤 바로 그리로 가지요.

안토니오 얼른 다녀오시오. (샤일록 퇴장) 저 유대놈이 그리스도교로 돌아설 작정일까. 왜 이렇게 친절해졌지?

배사니오 입은 뻔질하지만 뱃속은 시커먼 녀석이 난 싫단 말이야.

안토니오 자, 가세. 걱정할 것 없어. 아무튼 상선들은 기한보다 빨리 돌아올 테니까. (퇴장)

베니스의 상인

2막

1장

벨몬트, 포셔의 집 (홀)

모로코 왕 일행 등장, 포셔·네리서·시종들 등장.

모로코 왕 내 얼굴색을 싫어하지 마십시오. 이건 찬란한 태양이 입혀
준 검은 옷이니까요. 태양의 불로도 고드름을 녹이지 못한다는 북
쪽 태생의 희디흰 얼굴색을 가진 사람을 불러와, 누구의 피가 더
붉은가 시험해 보시죠. 아가씨, 사실 내 얼굴은 천하의 용맹한 자
들도 겁을 냈고, 우리 나라에서 가장 아름다운 처녀들도 첫눈에
반했답니다. 이 얼굴빛을 다른 것과 바꾸고 싶진 않습니다. 나의
여왕이시여, 당신의 사랑을 몰래 훔칠 수만 있다면 얘기가 다릅니
다만.

포　셔 남편을 선택할 때, 저는 보통 처녀들의 안목만 가지고 좌우될
수 없는 처지입니다. 더구나 제비뽑기로 운명이 결정될 저로서는,
마음대로 선택할 권리가 없어요. 하지만 방법을 말씀드린 것처럼

쪽지가 들은 상자를 골라낸 남자의 아내가 되라는 아버지의 유언으로 제가 궁색한 제한만 받고 있지 않다면, 고명하신 전하께서도 제 남편의 후보자로서 지금까지 뵌 분들에 비해 전혀 손색이 없으십니다.

모로코 왕 말씀만 들어도 감사합니다. 그러니 그 상자 있는 곳으로 안내해 주시오. 나의 운명을 시험해 보겠습니다. 이 장도(長刀), 터키 왕 솔리만을 전장에서 세 번이나 물리쳤다는, 페르시아의 왕도 죽인 이 장도를 걸고 맹세하지만, 아가씨 당신을 얻기 위해서라면 아무리 무서운 눈과도 눈싸움을 해서 기를 죽여 놓겠소. 세상에서 제아무리 담이 큰 놈하고라도 싸워 이기겠소. 젖을 물고 있는 곰 새끼라도 어미한테서 떼어 놓겠소. 아니, 밥을 찾아 으르렁대는 사자라도 놀려 주겠소. 그러나 아, 헤라클레스와 그의 제자 리카스가 주사위를 던져 힘겨루기의 결말을 내기로 한다면, 운명의 조화로 약한 자의 손에 좋은 수가 나올는지도 모를 일이죠. 이래서 장사도 그 제자한테 질 수도 있는 것이오. 그러나 역시, 맹목의 운명한테 이끌려 하찮은 자라도 손에 넣는 행운을 놓치고는 비탄 속에 죽을지도 모르죠.

포　셔 모든 것을 운명에 맡기실 수밖에요. 그럼 처음부터 상자 고르기를 그만두시든가, 아니면 고르시기 전에 잘못 고른 경우에는 앞으로 영영 어떤 여인에게도 구혼을 하지 않는다고 맹세를 하시든가 하셔야 합니다.

모로코 왕 아무렴요. 자, 운명을 결정할 수 있도록 그 장소로 안내해 주시오.

포　셔 우선 교회로 가시지요. 그리고 운명의 결정은 식사 후에 하십시오.

모로코 왕　행운의 신이여 오시옵소서. 자 행복한 인간이 될 것인가, 저주받은 인간이 될 것인가? (모두 퇴장)

2장

샤일록의 집

란셀로트가 머리를 긁으면서 등장.

랄셀로트 내가 이 유대인 주인집에서 달아나야만 내 양심도 시원해질 것 아닌가. 글쎄 악마란 놈이 팔꿈치 곁에서 날 이렇게 유혹한단 말이야. '고보야, 란셀로트 고보야, 착한 고보야, 착한 란셀로트 고 보야, 다리를 써, 다리를. 뛰어라, 뛰어서 달아나라니까!'라고. 그 런데 내 양심은 이렇게 말하거든. '안 된다, 잘 생각해라. 넌 정직 한 란셀로트가 아니냐. 조심해라 고보야.' 아니면 아까도 얘기했 지만 '정직한 란셀로트 고보야, 달아나면 안 돼, 달아나는 건 비겁 한 일이야.'라고 타이른단 말이야. 그런데 악마들 중에서도 가장 두목이란 놈은 날보고 짐을 싸라는 거야. 글쎄 그놈이 소곤대기를, '뛰어라 뛰어. 제기랄, 용기를 내서 달아나라니까.' 하거든. 그런 데 양심이란 놈은 내 염통에 바싹 매달려서 아주 약하게 이렇게 타

이르는 거야. '정직한 친구, 란셀로트야. 넌 정직한 남자의 아들이 아닌가.'라고. 하지만 실은 정직한 여자의 아들이란 말이 더 맞지 않을까. 글쎄 사실 말이지, 우리 아버지는 좀 입맛을 다시고 약간 구린내가 나고, 맛도 살짝 본 셈이니까 말이야. 그건 그렇고 양심이란 놈이, '란셀로트야, 꼼짝 마라.' 하면, 악마란 놈은 '달아나라.' 이러고, 그러면 양심이란 놈은 '꼼짝 말라니까.' 이런단 말이야. 그래 난 이렇게 말해 주지. '양심아, 네 충고도 그럴싸하다.' 아, 양심의 말을 듣자니 악마 같은 유대인 주인집에 주저앉아야 하고, 이 주인집에서 달아나자니 악마란 놈의 말을 들어야 하고. 그런데 미안한 말이지만 이 악마란 놈은 마귀가 틀림없거든. 그리고 사실 유대인 주인으로 말하자면 바로 악마의 화신이란 말이야. 한데 내 양심은 말이지 좀 무정한 것 같아. 암만해도 악마의 말이 더 친절한 것 같아. 자, 달아나야겠어. 악마야. 내 발꿈치는 네 명령대로 달아나겠다!

란셀로트, 달아나다가 비틀거리더니 그의 부친 고보의 팔에 부딪힌다.
고보 노인은 바구니를 들고 한길을 걸어오고 있다.

고 보   여보시오, 젊은이, 말씀 좀 물읍시다. 유대인 양반네 집은 어디로 가면 되지요?

란셀로트   (방백) 아이고, 이건 진짜 아버지잖아! 눈뜬 장님보다 더한 맹인이 되어서 나를 알아보지 못하시네. 어디 장난 좀 쳐 볼까?

고 보   여보시오, 젊은이. 유대인 양반네 집은 여기서 어느 쪽인가요?

란셀로트 (큰 소리로) 다음 모퉁이에서 꼭 오른쪽으로 도시오. 그리고 그 다음 모퉁이에선 꼭 왼편으로 도시오. 그리고 그 다음 모퉁이에서는 아무 쪽으로도 돌지 말고 꼬불꼬불 내려가면 유대인 집이오.

고 보 어이구, 찾기가 여간 힘들지 않겠는걸. 한데 여보시오, 그 댁에 살고 있는 란셀로트가 지금도 살고 있는지 아시오?

란셀로트 젊은 란셀로트 도련님 말씀입니까?

(방백) 가만 있자, 눈물 좀 쏟아지게 해 줄까 보다.

젊은 란셀로트 양반 말입니까?

고 보 도련님은 무슨 도련님입니까, 그저 구차한 사람의 자식이죠. 그러나 내가 이렇게 말하는 건 좀 뭣하지만, 그 애 아버지는 째지게 가난하기는 해도 정직하고 하느님 덕분에 잘살고 있답니다.

란셀로트 원, 그의 아버지가 어떻게 되었든간에, 우리 젊은 란셀로트 얘기나 합시다.

고 보 댁의 친구 란셀로트 말이죠?

란셀로트 그런데 저, 그러니까 말입니다. 젊은 란셀로트 말입니다.

고 보 죄송하지만, 그저 란셀로트 녀석입니다.

란셀로트 그러니까 란셀로트 도련님 말입니다. 란셀로트 도련님 얘기는 그만합시다. 할아버지, 그 젊은 도련님은 글쎄, 운명인지 천명인지 모르지만 그 이상한 말마따나, 그리고 운명의 세 여신인지 하는 그 학문 말나따나, 실은 작고했습니다. 아니 우리네 말로 쉽게 말하자면 천당으로 가셨답니다.

고 보 아이고 맙소사! 그 자식은 늙은 내게 지팡이고 기둥이었는데.

란셀로트 (방백) 뭐, 내가 몽둥이나 초가집 기둥이나 막대기나 작대기 같이 보인다고?

아버지, 절 몰라보시겠습니까?

고　보　아이고, 난 몰라보겠소, 젊은 양반. 한데 여보시오, 내 자식놈은……. 하느님, 보살펴 주십시오! 대관절 그놈은 살았습니까, 죽었습니까?

란셀로트　아버지, 절 몰라보시겠습니까?

고　보　아, 난 앞이 잘 안 보여서 댁이 누구신지 몰라보겠구려.

란세로트　아니죠, 눈이 멀쩡하더라도 절 몰라보실 겁니다. 글쎄, 자기 자식을 알아보는 아비는 현명한 아비라지 않습니까. (무릎을 꿇고) 노인의 자제 소식을 얘기해 드리겠습니다. 절 축복해 주십시오. 온갖 일은 백 일 안에 밝혀질 것이고, 살인도 오래 숨기진 못합니다. 그리고 사람의 자식도 아무리 숨겨 봤자 결국은 밝혀지고 맙니다.

고　보　여보시오, 제발 일어서시오. 확실히 당신은 내 아들 란셀로트는 아니니까.

란셀로트　이제 제발 농담은 그만두시고, 절 좀 축복해 주세요. 전 진짜 란셀로트라고요. 전에도 당신의 사랑스러운 아들이었고, 지금도 당신의 자식이며, 앞으로도 당신의 아이가 될 란셀로트입니다.

고　보　아무리 봐도 내 아들 같지 않은데.

란셀로트　어쨌든간에 난 유대인의 집 하인 란셀로트입니다. 그리고 당신의 아내 마제리는 제 어머니입니다.

고　보　내 마누라 이름은 틀림없이 마제리지. 네가 정말 란셀로트라면 넌 내 혈육인 내 자식이로구나. (란셀로트의 얼굴을 만져 본다. 란셀로트는 절을 하며 목덜미를 내민다) 아이고 하느님 고마우셔라. 어쩌면 수염이 이렇게 많이 났느냐. 턱이 우리 집 망아지 도빈이란 놈의 꼬리보다도 복실복실하구나.

란셀로트 그렇다면 도빈이란 놈의 꼬리는 거꾸로 자라는 모양이죠. 요전에 봤을 때는 확실히 그놈의 꼬리가 내 얼굴보다도 더 복실거리던데요.

고 보 하느님 맙소사, 넌 참 많이 변했구나. 그래 주인 양반하곤 사이가 어떠냐? 네 주인 양반한테 선물을 하나 가지고 왔다. 그래 주인하곤 어떻게 지내냐?

란셀로트 예, 예. 그런데 전 이미 달아나기로 결심했으니까 조금이라도 달아나 보지 않고서는 마음이 편해지지 않을 것 같아요. 아니, 그놈한테 선물을 주다뇨. 목이나 매라고 줄이나 갖다 주세요. 그놈 집에서 더부살이하고 있자니 배에서 쪼르륵 소리가 납니다. 갈빗대를 손가락으로 하나하나 이렇게 모두 세어 볼 수 있을 지경이에요. 아버지, 와 주셔서 정말 감사해요. 가지고 오신 선물은 배사니오라는 분께 드리세요. 그분이 좋은 새 옷을 맞춰 주셨어요. 전 땅 끝 닿는 곳까지 달아나서라도, 기어이 그분 댁에서 살려고 그럽니다. 아이고, 잘되었네요. 마침 그분이 오세요. 아버지, 저분입니다. 이제, 누가 유대인놈 집에서 살까보냐. 쳇!

배사니오가 레오나르도 및 그 밖의 사람들과 함께 등장.

배사니오 (하인에게) 그렇게 해도 좋아. 하지만 늦어도 다섯 시까지는 식사 준비가 되도록 서둘러라. 이 편지는 꼭 전달하도록 하고, 새 옷들도 맞추도록 해라. 그라시아노한테 곧 우리 집으로 오라고 전해라. (하인 퇴장)

란셀로트 저분입니다, 아버지.

고 보 안녕하십니까, 하느님의 축복이 있으시길!

배사니오 아 고맙소. 그런데 무슨 할 말이라도?

고 보 이 애가 제 자식인데, 변변치 못한 놈입니다만.

란셀로트 변변치 못한 놈이라뇨, 부자 유대인 집에 사는 사람을 가지고. 한데 제 아버지께서 차차 자세히 얘기하실 겁니다만. (뒤로 물러선다)

고 보 이 애가 글쎄 나리 댁에서 무척 살고 싶어하는데요.

란셀로트 (앞으로 나가서) 글쎄, 사실 요점을 말씀드리자면 전 유대인 집의 하인입니다. 한데 자세한 얘긴 아버지가 하시겠지만……. (뒤로 물러선다)

고 보 이 애가 글쎄 나리 댁에서 무척 살고 싶어하는데요.

란셀로트 (앞으로 나가서) 글쎄, 사실 말이죠, 그 유대인이 절 못살게 군답니다. 그러니까 제 아버지이긴 합니다만, 이 노인네가 확실한 얘기를 하시겠지만……. (물러선다)

고 보 나리께 드리려고 이렇게 비둘기 고기를 한 접시 가지고 왔는데요. 그리고 제가 청이 하나 있는데.

란셀로트 (앞으로 나가서) 간단히 말씀드리자면, 그 청이라는 건 저하고 관계가 있는데요. 이 정직한 노인네가 얘기할 것입니다. 이 노인은 늙기는 했지만 가난한 우리 아버지입니다.

배사니오 한 사람이 얘기하게나. 그래, 자네 청이 뭔가?

란셀로트 나리 댁에서 살고 싶습니다.

고 보 그게 바로 요점입니다.

배사니오 자네는 내가 잘 알고 있네. 자네 청대로 하세. 실은 오늘에야 얘기지만 자네 주인 샤일록이 자네를 추천했네. 돈 많은 유대인 집을 나와 나같이 가난한 집에 오는 것을 뭐, 추천이라고야 할 수 있겠는가만.

란셀로트   옛 속담에 있지 않습니까. '하느님의 은총은 보배'라고요. 이 속담을 샤일록 양반과 나리께서는 반반씩 나누어 가지셨다랄까요. 나리께서는 '하느님의 은총'을, 샤일록 양반은 '보배'를 가졌고요.

배사니오   자네 말재간 한번 뛰어나군. 자, 영감도 아들과 함께 전 주인에게 작별 인사를 하고 내 집을 찾아오도록 하시오. (하인들에게) 봐라, 이 자에겐 다른 하인들보다 장식술이 훨씬 더 많이 달린 옷을 입혀라, 알았나? (레오나르도와 한쪽으로 가서 이야기한다)

란셀로트   아버지, 들어가요. 이렇게 머릿속에서 혓바닥이 돌지 않아서야, 난 다른 데 일자리를 얻어낼 수 없겠어요. 그런데, 저…… (손바닥을 들여다보면서) 성서에 두고 맹세해도 좋지만 이탈리아 천지를 찾아봐도 나만한 손금을 가진 사람은 없을 거야. 이제 큰 행운이 굴러 들어오고말고. 자, 여기 이 생명선도 긴 편이고 이쪽 대단하지 않은 줄은 처복 운인데. 원, 여편네가 겨우 열다섯 명밖에 안 된단 말인가. 과부 색시가 열하나에 처녀 색시가 아홉 명이라, 한 사람의 사내 몫으로는 너무나 쓸쓸하군. 그리고 세 번 물에 빠져 죽을 뻔하고, 아무튼 간신히 목숨을 건지겠네. 글쎄, 운명의 신이 여자라면 참 친절한 계집이기도 하지.
아버지 오세요. 눈 깜짝할 사이에 유대인과 작별하고 올게요. (란셀로트와 고보 노인 퇴장)

배사니오   여보게 레오나르도, 부디 잊지 말게. 이러이러한 물건들을

사들이거든 잘 신고 속히 돌아와야 하네. 오늘 밤에 귀한 친지들을
대접하기로 되어 있으니까. 자 얼른 가 보게.

레오나르도　예, 최선을 다하겠습니다.

그는 나가는 길에, 오고 있는 그라시아노를 만난다.

그라시아노　자네 주인은 어디 계신가?

레오나르도　저기 걸어가십니다. (퇴장)

그라시아노　이봐, 배사니오!

배사니오　오, 그라시아노!

그라시아노　청이 하나 있는데.

배사니오　아, 뭐든 좋아.

그라시아노　거절하면 안 되네. 다른 게 아니라, 벨몬트에 나도 따라가
겠네.

배사니오　아, 그야 따라간다 뿐인가. 그런데 여보게 내 말 좀 들어 봐.
자넨 너무 억척스럽고 수다스러울 뿐 아니라 음성도 거친 편이지.
하기야 자네다운 성격이기도 하고, 우리 같은 사람들 눈에는 나쁘
게 보이지는 않지만, 낯선 땅에 가면 좀 경솔하게 보일 걸세. 그러
니까 제발 조심하고, 그 날뛰는 성미에다 절제란 차디찬 냉수를 좀
끼얹으란 말이야. 자네의 그 난폭한 행동 때문에 그곳에 가서까지
오해를 받고, 끝내는 내 희망까지 망치게 되면 안 되니까.

그라시아노　배사니오, 내 말 좀 들어 보게. 나는 어디까지나 진실한
태도로 말도 점잖게 하고, 욕도 그리 하지 않고, 호주머니 속에는
늘 성경책을 넣고 다니고, 얼굴 표정은 아주 엄숙하게 하겠네. 아

니 그뿐 아니라 식사 전후 기도드릴 때는 보게나, 이렇게 모자로 눈을 가린 채 한숨을 내쉬면서 '아멘'도 부르겠네. 그리고 할머니 마음에 들기 위해서 엄숙한 체 시치미를 떼는 데에 능란한 사람처럼, 예의란 예의는 모두 지키겠네. 이 말이 거짓이라면 이제부터 날 절대 믿지 않아도 좋아.

배사니오 음, 그럼 앞으로 두고 보세.

그라시아노 하지만 오늘 밤만은 예외네. 오늘 밤의 내 행동을 가지고 장래를 판단하면 절대 안 되네.

배사니오 그야 물론이지. 오늘 밤은 오히려 철저히 놀아 주기를 이쪽에서 청하고 싶네. 다들 놀기 좋아하는 친구들이 모이니까 말이야. 자 그럼 잘 가게, 난 좀 볼일이 있어서.

그라시아노 나도 로렌조를 찾아봐야겠어. 그럼 저녁 식사 때 다시 보자고. (퇴장)

3장

샤일록의 집

제시카와 란셀로트 등장.

제시카   이제 네가 우리 집을 아주 나간다니 정말 섭섭하구나. 지옥 같
은 우리 집에서, 그래도 네가 있어서 지루한 줄 몰랐는데. 그럼 잘
가. 이거 일 더커트인데, 받아 둬. 그리고 란셀로트, 오늘 저녁 식
사 때 로렌조 씨를 뵙거든 이 편지를 꼭 전해 주렴. 아무도 모르게
전해야 해. 그분은 네 새로운 주인집에 초대받았어. 그럼 어서 가.
이렇게 내가 너와 얘기하고 있는 걸 우리 아버지가 보시면 야단날
거야.

란셀로트   (방백) 잘 있어요! 눈물이 앞을 가려 한 발짝도 움직일 수가
없군! 이교도이긴 해도 참 예쁘고 귀여운 유대인 처녀! 이건 틀림
없이 어떤 그리스도 교도가 아가씨의 어머니와 부정한 짓을 해서
아가씨를 낳은 걸 거야. 안녕히 계세요. 미련하게 눈물이 자꾸만

쏟아져서, 대장부의 마음을 그 눈물 속에 빠져 죽게 하는구나. 안녕히 계십시오. (퇴장)

제시카 잘 가라 란셀로트야. 이 흉악한 내 죄 좀 보게. 우리 아버지 같은 분의 자식임을 창피스럽게 여기다니! 비록 피는 아버지의 딸이라 해도 행동으로는 아버지의 딸이 아니야. 오, 로렌조 씨, 당신만 약속을 지켜 주시면 전 이 고민을 끝내고 그리스도교로 개종하여 당신의 사랑스런 아내가 되겠어요. (퇴장)

4장

베니스의 거리

그라시아노·로렌조·살레리오, 대화를 나누면서 등장.

로렌조 그럼 우린 식사 때 살그머니 빠져나와 내 집에 가서 변장을 하고 다시 돌아오도록 하세. 다 해도 한 시간이면 충분할 거야.

그라시아노 그런데 준비가 다 되어 있지 않은데.

살레리오 횃불잡이한테 아직 얘기도 안 했잖나.

솔레니오 감쪽같이 하지 않으면, 꼴이 우스워질 테니까 집어치우는 게 좋을 것 같아.

로렌조 이제 겨우 네 시니까 준비할 시간은 두 시간이나 있네. (란셀로트 등장) 여보게, 란셀로트. 무슨 소식인가?

란셀로트 (편지를 주머니에서 꺼내며) 이 편지만 뜯어 보십시오. 자세한 얘기는 여기 적혀 있을 겁니다.

로렌조 낯익은 글씬데. 참으로 아름다운 글씨다. 그러나 이 편지보다

이 글을 쓴 손이 더 아름답고말고.

그라시아노　연애편지로군 그래.

란셀로트　전 물러가겠습니다.

로렌조　어디 가나?

란셀로트　예, 전 주인인 유대인 양반에게 새 주인 그리스도교 댁에 와 저녁을 잡수시라 전하러 갑니다.

로렌조　가만 있어, 이걸 받게. (돈을 준다) 그리고 제시카에게 이 말 좀 전해 주게. 틀림없이 찾아간다더라고. 비밀리에 말해 주게. (란셀로트 퇴장) 여보게들, 오늘 밤의 가장행렬을 준비하지 않겠나? 횃불잡이는 하나 생겼네.

살레리오　그럼 됐네. 당장 착수해야지.

솔레니오　나도 착수해야지.

로렌조　그럼 조금 있다가 그라시아노 집으로 와서, 나와 그라시아노를 찾게.

살레리오　좋아, 그렇게 하지. (살레리오와 솔레니오 퇴장)

그라시아노　아까 그 편지는 제시카 양한테서 온 편지가 아닌가?

로렌조　자네한테만 얘기를 하겠네만, 실은 제시카가 전해 왔네. 그녀 아버지의 집에서 자기를 이렇게 빼내 달라, 어떤 금이나 보석을 가지고 있다, 소년 복장도 마련해 놓았다는 등의 소식을 말이야. 만약에 그녀 아버지인 유대놈이 천당엘 가게 된다면 그건 저 얌전한 딸 덕택일 거야. 그녀의 앞길에 불행 같은 건 절대로 없도록 해야지. 이교도인 유대놈의 딸이라는 이유 때문이라면 모르지만……. 자, 같이 가 보세. 가면서 이걸 읽어 보게나. 아름다운 제시카를 횃불잡이로 하세. (퇴장)

5장

샤일록의 집 앞 거리

샤일록과 란셀로트 등장.

샤일록   자, 이제 네 눈으로 직접 보고 알게 될 거다. 이 샤일록과 배사니오와의 차이를 말이다. 얘, 제시카야! 이제 넌 내 집에서처럼 실컷 먹지도 못한다. 얘, 제시카야! 그리고 코를 골며 자지도 못하고 옷을 함부로 입지도 못한다니까. 아니, 제시카야. 얘야!

란셀로트   (큰 소리로) 이봐요, 제시카 아가씨!

샤일록   누가 너보고 부르라고 그랬어! 너보고 부르라고 하지 않았어.

란셀로트   하지만 영감님은 늘 제게, 시키지 않으면 아무 일도 못 하는 놈이라고 야단만 치셨잖아요.

제시카 등장.

제시카 부르셨어요? 왜 그러세요?

샤일록 제시카야, 난 식사에 초대를 받았다. 자 이건 열쇠다. 그런데 내가 왜 가야 하지? 호의적인 초대가 아니라, 아첨에 불과한데. 하지만 증오심을 품고 가서, 저 그리스도교 놈들의 사치스러운 집에서 실컷 먹어 주자꾸나……. 얘 제시카야, 집 좀 잘 봐라. 정말 가기가 싫구나. 어쩐지 자꾸 불길한 예감이 들어서 마음이 내키지 않는구나. 글쎄 간밤에는 돈주머니를 꿈에 보지 않았겠니.

란셀로트 나리, 어서 가 보시죠. 저희 젊은 주인님은 영감님이 오시길 기다리고 계시니까요.

샤일록 날 욕보이려고 말이지?

란셀로트 천만에요, 다들 의논 했답니다. 가장행렬을 억지로 보시란 건 아니지만, 만약 보신다면, 지난 부활절 월요일 아침 여섯 시에 재수 없게 제가 코피를 흘린 것도 다 까닭이 있었다는 걸 아시게 될 거예요. 글쎄 그해 성회수요일부터 계산해 보면 오늘 오후가 꼭 사 년째 되는 날입니다.

샤일록 뭐, 가장행렬이 있어! 얘, 제시카야, 문단속 잘 해라. 북소리나 목을 비틀고 끽끽대는 그 흉악한 피리 소리가 나더라도, 창틀에 기어올라가서 한길 쪽으로 머리를 내밀고, 그리스도교 바보 녀석들의 광대 낯짝을 보아선 안 된다. 제발 우리 집의 귀를, 창문 말이다. 죄다 틀어막고 점잖은 집 안에 건달패들의 소리가 못 들어오게 하란 말이야. 우리네 조상 야곱님의 지팡이에 두고 말이지만 정말 오늘 밤의 연회에는 나가고 싶지가 않구나. 그래도 가 봐야지. 얘, 넌 먼저 가 봐라. 그리고 내가 간다고 전해라.

란셀로트 예, 먼저 가 보겠습니다. (나가면서 제시카에게 중얼거린다) 아가씨 무슨 일이 있어도 창밖을 꼭 좀 내다보십시오. 유대인 따님의 눈에 들 만한 그리스도 교도 한 사람이 지나갈 테니까요. (퇴장)

샤일록 저 녀석이 뭐라고 그러는 거냐?

제시카 '아가씨 안녕히 계세요.'라고 하지 뭐예요.

샤일록 저 녀석은 마음씨는 좋지만 먹성이 과하고, 잇속에는 달팽이같이 느리고, 대낮에도 살쾡이같이 잠만 잔단 말이야. 수벌처럼 퍼먹기만 하는 놈을 우리 집에 둘 순 없지. 그러니까 저런 놈은 내보내는 거야. 그냥이 아니라 빚쟁이 놈한테로 내보내 가지고 빌려 간 돈을 낭비시키잔 말이지. 그건 그렇고 얘야, 그만 들어가 봐라. 금방 돌아오마. 그리고 넌 내가 이른 대로 들어간 뒤에 문단속 잘하거라. 단단히 단속해 놓으면 돈이 모인다고 그러지 않니. 이건 검약한 사람이라면 언제 들어도 새 맛이 나는 속담이란다. (퇴장)

제시카 안녕히 다녀오세요……. 이제 내 운명을 누가 막지만 않는다면 난 아버지를, 아버지는 딸을 영영 잃게 될 거예요. (퇴장)

6장

샤일록의 집 앞 거리

그라시아노와 살레리오, 가장을 하고 등장.

그라시아노 로렌조가 이 처마 밑에서 우리보고 기다리고 있으라고
했지.

살레리오 약속 시간이 지났는데.

그라시아노 로렌조가 시간에 다 늦다니, 참 이상한데.

살레리오 오, 사랑의 여신의 수레를 끄는 비둘기는, 새로이 맺은 사랑
의 약속을 굳게 하기 위해서라면 보통보다 열 배나 빨리 날아간다
고 하지만, 기왕에 굳어진 사랑의 맹세를 지키게 하기 위해서는 평
상시처럼 난다네.

그라시아노 그야 그렇지. 진수성찬 앞에 앉을 때와 같은 왕성한 식
욕을 가지고, 잔치 자리를 뜨는 사람이 어디 있겠나? 말을 길들
일 때, 처음 출발할 때처럼 돌아올 때도 그 지루한 길을 왕성한

의욕을 가지고 달리는 말이 어디 있겠는가? 세상일이란 쫓는 재미지. 일단 손에 넣고 보면 별것 아니란 말이야. 만국기를 달고 고향의 항구를 떠나는 배만 보더라도, 어찌 그렇게 젊은 한량처럼 기생 같은 바람에 안기고 부둥키고 하느냐 말이야. 하지만 돌아올 때 보면 늑재는 비바람에 시달리고, 돛은 찢어지고 창녀 같은 바람에 시달려 거지처럼 뼈대만 남아 가지고는 꼭 난봉꾼 같단 말이지.

로렌조 등장.

살레리오　마침 로렌조가 오네. 이 얘기는 다음에 또.

로렌조　여보게들, 늦어서 미안하네. 실은 내가 아니라 내 일이 그만 자네들을 이렇게 기다리게 하고 말았어. 그러나 나중에 자네들이 색시 도둑질을 하는 처지에 놓이면, 나 역시 오늘 자네들만은 기다려 주겠네. 이리들 나오게, 이게 내 장인 유대인 집이네. 여어! 안에 누구 있소? (문 위 창문이 열리고 소년 복장의 제시카가 내다본다)

제시카　누구세요? 말씀해 보세요. 좀 더 확인해 보고 싶어서 그래요. 음성으로 대강 짐작은 갑니다만.

로렌조　로렌조요, 당신의 애인이오.

제시카　아, 정말 당신이군요! 아, 나의 사랑, 제가 이토록 사랑하는 분은 당신밖에 없잖아요. 그리고 로렌조 씨, 제가 당신의 것임을 아는 사람도 당신밖에 없잖아요.

로렌조　그건 하느님과 당신의 애정이 증인이오.

제시카　자, 이 상자를 좀 받으세요. 수고할 만한 가치가 있는 일이니까요. (상자를 던진다) 다행히도 칠흑같이 어두운 밤이군요. 이렇게 변장한 꼴을 보이기 부끄러웠는데, 당신께서 보지 못하니 말예요. 그러나 사랑은 장님이라 애인들은 자기들이 저지른 아무리 어리석은 짓도 알아보지 못한다죠. 그걸 알아보는 날에는, 이렇게 남장을 한 걸 보고 큐피드조차도 낯을 붉힐 것 아니에요.

로렌조　내려와요, 당신을 횃불잡이로 써야겠으니까.

제시카　아니, 이 창피한 꼴이 더욱 잘 보이라고 횃불을 들어요? 횃불잡이는 뭐든지 환하게 비치는 것이 그 임무가 아닌가요. 안 그래도 남의 눈을 피해 있어야 할 제가.

로렌조　이봐요, 제시카. 그래서 그렇게 아름다운 소년 복장으로 변장을 하고 있는 것이오. 어서 서둘러 내려와요. 캄캄한 밤은 달음질 치고, 배사니오의 잔치는 우리를 기다리고 있으니까.

제시카　문단속 좀 해야겠어요. 그리고 돈도 좀 더 가지고 금방 내려갈게요. (문을 닫는다)

그라시아노　내 두건에 두고 맹세하지만, 참 좋은 사람이군. 유대인이 아닌 것 같아.

로렌조　정말이지 난 저 여자를 진심으로 사랑하네. 첫째 내가 판단하기에 현명한 여자야. 그리고 내 눈이 틀림없다면, 예쁘고 또한 진실된 여자거든. 이건 그녀 자신이 벌써 증명했네. 그러니까 난 현명하고 예쁘고 진실한 그녀의 천성 그대로 변치 않는 내 영혼 속에 품어 두겠네. (제시카가 안에서 나온다) 아니 벌써 왔소? 자, 서둘러 가보세. 지금쯤 가장한 친구들이 기다리고 있을 거네. (로렌조·제시카·살레리오 퇴장)

안토니오가 거리로 오고 있다.

안토니오 거 누구요?

그라시아노 안토니오?

안토니오 아, 그라시아노! 그래 다들 어디 있지? 벌써 아홉 시야. 모두 자넬 기다리고 있는 중인데, 오늘 밤 가장행렬은 무산되었네. 순풍이 불기 시작해서 배사니오는 곧 떠나기로 했다네. 난 자네를 찾느라고 스무 명이나 사람을 풀었지 뭐야. (퇴장)

7장

벨몬트, 포셔의 집 (홀)

포셔·모로코 왕·시종들 등장.

포　셔　자, 커튼을 젖히고 각각 상자를 전하께 보여 드려라. (하인이 커튼을 연다. 탁자가 놓여 있다. 탁자 위에는 상자가 세 개 놓여 있다) 그럼 골라 보세요. (모로코 왕, 상자를 각각 조사해 본다)

모로코 왕　첫 상자는 금 상자이고, 이런 글이 새겨져 있구나. '나를 고르는 자는 만인이 소망하는 것을 얻으리라.' 둘째 것은 은 상자, 이런 약속이 쓰여 있군. '나를 고른 자는 신분에 응당한 것을 얻으리라.' 셋째 상자는 둔한 납, 경고문까지도 무뚝뚝하군. '나를 고르는 자는 전 재산을 내놓고 운명을 걸게 되리라.' 그런데 바른 상자를 골랐는지 어떻게 알 수 있습니까?

포　셔　이 중 하나의 상자 속에 저의 초상이 들어 있어요. 그것을 고르시면 전 그 초상과 함께 전하의 것이 됩니다.

모로코 왕 신이여, 나의 판단을 인도해 주소서! 그런데 가만 있자, 글 귀를 다시 한 번 읽어 보자. 납 상자는 뭐라고 했더라? '나를 고르는 자는 전 재산을 내놓고 운명을 걸게 되리라.' 그래 전 재산을 내놓고 무얼 위해서? 납을 위해서 운명을 걸란 말인가? 협박조로군. 사람이 일체를 내놓고 운명에 걸 때에는, 무슨 좋은 이익이 내다보일 때 하는 것 아닌가. 황금 같은 마음은 부스러기 같은 것에 굴복하지 않는다. 그러니까 나는 납한테 아무것도 내놓거나 걸거나 하지는 않겠다. 그럼 처녀같이 순결한 빛을 띠는 상자는 뭐라고 했는가? '나를 고르는 자는 신분에 응당한 것을 얻으리라.' 신분에 응당한 것을! 가만 있자, 모로코 왕아. 공평한 손으로 네 가치를 달아 보자. 세상의 평가대로라면 네 가치는 충분하지만. 그러나 이 아가씨를 얻을 수 있을 만큼 충분한 것인지? 그렇다고 내 가치를 의심하는 것은 내가 약해서 자기를 멸시하는 것밖에 되지 않지. 신분에 응당한 것, 그건 물론 이 아가씨다. 가문으로 보나, 재산으로 보나, 인품으로 보나, 교양으로 보나, 나야말로 이 여인을 얻을 만하지. 그러나 무엇보다도 사랑에 있어 얻을 만하지. 이제 그만 망설이고 이 상자를 고르면 어떨까? 그러나 금 상자에 새겨 있는 문구를 어디 다시 한 번 보자. '나를 고르는 자는 만인이 소원하는 것을 얻으리라.'고? 아! 이게 아가씨다. 온 천하가 아가씨를 열망하고 있잖은가. 세상 방방곡곡으로부터 사람들이 이 여인에게 입을 맞추려고 모여들지 않는가. 그래서 저 허케니어의 사막도, 황량한 아라비아의 광야도 이제는 아름다운 포셔 양을 찾아오는 귀인들로 큰길이 되었겠다. 그리고 교만한 머리를 들고 하늘에다 침을 뱉는 태양의 왕국도 바다를 넘어오는 모험자들을 막아 내지는 못하니,

사람들은 냇물처럼 손쉽게 넘어서 아름다운 포셔 양을 만나러 오고 있잖은가. 이 셋 중 하나의 상자 속에 그녀의 천사 같은 초상이 들어 있다는데, 과연 납 상자 속에 들어 있을까? 그런 야비한 상상을 하다가는 지옥에라도 떨어질 거야. 납 상자는 캄캄한 무덤 속에다 그녀의 수의를 담아서 넣어 두기조차도 너무나 조잡한 물건이 아닌가. 그럼 은 상자 속에 들어 있을까? 세련된 금보다는 십 분의 일밖에 가치가 없는 은 상자 속에? 이건 상상만 해도 무서운 일이다! 저렇게도 값진 보석이 금 이하의 상자 속에 들어 있는 일도 있단 말인가. 영국에는 천사의 모양을 새긴 금화가 있다는데, 그건 표면에 새겨 있을 뿐이고, 여기의 천사는 황금의 침대 속에 누워 있지 않은가. 자, 열쇠를 이리 주시오. 이것을 고르겠소. 제발 소원이 이루어지길 바라면서!

포 셔 자, 열쇠는 여기 있어요. 그 상자 속에 저의 초상이 들어 있다면 전 당신의 것입니다. (모로코 왕은 금 상자를 연다)

모로코 왕 에잇, 망할 것! 이게 뭐야? 더러운 해골바가지로구나. 푹 꺼진 눈 속에는 족자가 끼워져 있군. 뭐라고 쓰여 있네. 어디, 읽어 보자.

빛나는 것이 다 금은 아니다.
그 말 종종 들었으리라.
나의 외관에 홀려서
목숨을 판 사람도 많다.
황금 무덤에도 구더기가 우글거린다.
육체가 젊은 만큼 사려도 깊었더라면

이런 족자의 답은 안 받았을 것을……
잘 가시오, 그대의 소원은 차디차오.

참 차디차구나. 허탕만 쳤구나. 그럼 정열아, 자 가자. 그리고 서리
야. 내려라. 포셔 양, 안녕히 계시오! 너무나 가슴이 아파서 작별을
길게 끌 수도 없습니다. 이것이 패자의 작별입니다. (시종을 거느리고
퇴장)

포 셔 손쉽게 떼어 버렸구나. 커튼을 치고, 자 들어가자. 얼굴색이
저런 분들은 다들 이렇게 고르더구나. (모두 퇴장)

8장

베니스의 거리

살레리오와 솔레니오 등장.

살레리오 여보게, 배사니오는 출항했네. 그라시아노도 같이 떠났다
네. 그러나 로렌조는 확실히 그 배에 타지 않았어.

솔레니오 그 망할 유대놈이 아우성을 쳐서 마침내 공작님까지 깨워
놨다네. 그래서 공작님도 그놈과 함께 배사니오의 배를 찾으러 가
셨다네.

살레리오 가 보니 이미 늦었지. 배는 벌써 떠나고 없었으니까. 하지만
공작님께 마침 이런 보고가 들어왔네. 로렌조와 애인 제시카가 둘
이서 곤돌라를 타고 있더라는 거야. 뿐만 아니라 이들이 배사니오
의 배에 타고 있지는 않다는 것을 안토니오도 증언했다네.

솔레니오 그 망할 놈의 유대놈이 한길에서 정신을 잃고, 성이 나서 해
괴망측하게 악을 쓰며 펄펄 뛰는데, 난 그런 광경은 처음 봤어. '내

딸, 오, 내 돈! 재판이다! 법률이다! 내 돈, 내 딸년! 꼭 매 둔 돈주머니를, 두 개의 돈주머니를, 큼지막한 금화들이 들어 있는데, 딸년이 훔쳐 가 버렸어! 그리고 보석도……두 개 다 값지고 귀한 보석인데 딸년이 훔쳐 가 버렸어! 재판이다! 그년을 찾아내라! 그년이 가지고 있다. 보석도! 돈도!' 이렇게 말이야.

살레리오 음, 베니스의 애들은 죄다 그놈의 뒤를 졸졸 쫓아다니면서 내 보석, 내 딸년, 내 돈 하고 소리를 지르고 있네.

솔레니오 안토니오에게도 약속 기일만은 꼭 지키라고 해야 하네. 안 지킨다면 큰코다치게 될 거야.

살레리오 참, 어저께 내가 어떤 프랑스 사람을 만나서 얘기를 했는데, 그분 말에 의하면 프랑스와 영국 사이의 어느 해협에서 화물을 잔뜩 실은 우리 나라 배 한 척이 난파당했다더군. 그 얘기를 듣고 나는 안토니오가 생각나서 그저 그의 배가 아니기만 속으로 바랐지 뭔가.

솔레니오 안토니오에게 이야기하는 것이 좋지 않을까? 하지만 불쑥 얘기를 꺼내서는 안 돼. 괜한 걱정을 끼쳐서는 안 되니까.

살레리오 이 세상에 그렇게 착한 사람은 둘도 없을 거야. 배사니오와 안토니오가 작별하는 광경을 보았지만, 배사니오가 되도록 빨리 돌아오겠다고 하니까 안토니오는 이렇게 대답했네. '서두르지는 말게. 여보게, 나 때문에 일을 소홀히 하지 말고, 시기가 충분히 무르익을 때까지 기다리게. 그리고 내가 유대인에게 써 준 차용 증서건은 염두에 두지 말게. 사랑에 가득 찬 자네 아닌가. 유쾌한 마음으로 전심 전력 구혼에만 힘쓰란 말이야. 그곳에서 가장 적당하다고 생각되는 사랑의 표현을 하도록 맘을 쓰라는 말일세.' 이렇게 말하면서 두 눈에 눈물이 고이게 되니까, 얼굴을 돌리고는 손을 뒤로 내밀어서, 무한한 우정에 겨운 듯 배사니오의 손을 꽉 쥐었지. 그리고 나선 작별을 했네.

솔레니오 아마 안토니오는 오직 배사니오 때문에 세상에 사는 보람을 느끼고 있을 거야. 여보게, 우리 같이 가서 그를 찾아 무슨 위안의 말이라도 해주어야 하지 않겠나. 그의 울적한 기분이 풀리도록 도와주세.

살레리오 그렇게 하세. (퇴장)

9장

벨몬트, 포셔의 집 (홀)

하인 한 사람이 무대 앞에 서 있다. 네리서가 황급히 등장.

네리서 어서, 제발, 어서…… 빨리 커튼을 열어요. 아라곤 왕께서 서약
이 끝났으니까, 상자를 고르기 위해 곧 오실 거예요. (커튼이 열린다)

포셔·아라곤 왕·시종들 등장.

포　셔 보세요, 전하. 저기 상자가 있습니다. 저의 초상화가 들어 있
는 상자를 고르시면, 우리들의 결혼식은 즉시 거행될 것입니다. 하
지만 실패하시면 아무 말 없이 곧바로 이곳을 떠나셔야 합니다.

아라곤 왕 난 세 가지 조건을 지키겠다고 맹세했소. 첫째, 내가 고른
상자를 아무에게도 말하지 말 것. 둘째, 내가 바른 상자를 고르지
못할 경우에는 앞으로 일평생 처녀에게 구혼을 하지 말 것. 끝으로

불행히도 선택에 실패할 경우 작별하고 이곳을 떠날 것.

포 셔 그런 조건은 보잘것없는 이 여자를 위해서 운명을 걸어오는 분이라면 누구나 다 해야 하는 맹세입니다.

아라곤 왕 물론 나도 그렇게 각오하고 있소. 부디 날 향해 행운의 여신이 미소 짓기를! (상자를 낱낱이 조사해 본다) 금과 은과 천한 납……. '나를 고르는 자는 전 재산을 다 내놓고 운명을 걸게 되리라.' 모양이 좀 더 아름답지 않고서야, 이런 것에 누가 재산을 다 내놓고 운명을 건단 말이냐. 금 상자는 뭐라고 말하는가? 어서 보자. '나를 고르는 자는 만인이 소원하는 것을 얻으리라.' 만인이 소원하는 것이라……. 이 만인이라는 것은 아마 어리석은 대중을 의미하는 것이겠지. 대중들이란 외관만으로 선택을 하고, 바보 같은 눈이 가리키는 것밖에는 알지 못하고 내부를 들여다보질 않거든. 흡사 제비가 비바람 들이치는 외벽에다, 더구나 재앙의 길 한복판에다 일부러 집을 짓는 것처럼 말이다. 그러나 난 만인이 소원하는 것을 고르지 않겠다. 어중이떠중이들과 같이 날뛰고 싶지도 않고, 무지몽매한 군중들과 어깨를 나란히 하고 싶지도 않으니 말이다. 자, 그럼 은 상자여, 네 위에 쓰여진 문구를 한번 보자꾸나. '나를 고르는 자는 신분에 응당한 것을 얻으리라.' 좋은 문구다. 이렇다 할 실력도 없는 주제에 요행을 노리고 영예를 얻으려고 해 봤자 그게 될 말이냐 말이다. 과분한 지위를 탐내서는 안 될 말이지. 정말이지, 신분이니 계급이니 하는 관직은 부정한 수단으로 얻어지지 않아야 할 것이며, 청백한 명예는 당사자의 실력으로만 얻어져야 할 것이 아닌가. 그렇게만 되면, 지금 관직의 모자를 쓰지 않은 사람들이 우두머리로서 얼마나 많이 모자를 쓰게 될 것이고, 또 지금

남을 지배하고 있는 사람이 얼마나 많이 지배를 받게 될 것인가. 고귀한 가문 태생 중에서 골라 보면 천한 농부보다 못한 사람들이 얼마나 많을 것인가! 그리고 반대로 지금 세상의 껍질이나 쓰레기 중에서도 얼마나 많은 고귀한 사람들이 나타나 새로운 광채를 띠게 될 것인가. 자, 이제는 내 것을 고르자꾸나. '나를 고르는 자는 신분에 응당한 것을 얻으리라.' 그럼, 내 신분에 응당한 것을 받기로 하자. (은 상자를 집는다) 자, 열쇠를 이리 주시오. 지금 당장 내 운명을 열어 보겠소. (상자를 열어 보고 깜짝 놀라 한 걸음 물러선다)

포 셔 그렇게 오래 생각하셨는데, 겨우 그런 것이…….

아라곤 왕 이게 뭐냐? 아니, 바보가 눈을 깜박이면서 글발을 내밀고 있는 그림이 아닌가. 어디 읽어 보자. 하지만 어쩌면 이렇게도 포셔와는 딴판이냐. 어쩌면 이렇게도 나의 희망과 가치와는 거리가 멀단 말이냐. '나를 고르는 자는 신분에 응당한 것을 얻으리라.' 그래 내 가치가 이 바보의 머리통만도 못하단 말인가? 이것이 내가 받을 상이란 말인가? 내 가치가 겨우 이것밖에 안 된단 말인가?

포 셔 성내는 것과 판단하시는 것은 그 직책이 다릅니다. 아니 정반대되는 성질의 것이라고 생각합니다.

아라곤 왕 (종이를 펴 본다) 어디 보자.

일곱 번 불에 달군 은궤…….
판단 또한 일곱 번 단련되어야만
선택에 틀림없었을 것을.
세상에는 그림자에 입을 맞추고,
그림자 같은 행복만을 얻는 자도 있더라.

이도 그 하나였다.

그대가 어떤 아내를 침실로 데리고 가더라도

내 영원히 그대의 머리가 되리라.

속히 떠나라, 네 일은 끝났느니라.

여기서 망설이면 망설일수록 난 더욱 바보같이 보일 테지. 구혼하러 올 때는 바보 머리가 하나였는데, 떠날 때는 두 개가 되었군. 그럼 안녕히 계시오. 맹세는 지키고, 분한 마음은 꾹 참겠소. (시종과 함께 퇴장)

포 셔 불나방이 촛불에 뛰어들어 몸을 태우는 격이로구나. 어리석은 사람들. 너무나 꾀를 부려 고르다가 도리어 실패하고 말았어.

네리서 옛 속담에도 사형과 결혼은 운명이라잖아요. 그 말이 정말 맞아요.

하인 등장.

하 인 주인 아가씨는 어디 계십니까?

포 셔 여기 있다. 무슨 일인가?

하 인 아가씨, 지금 막 문전에 베니스의 젊은 신사 분이 말에서 내렸습니다. 그분은 자기 주인이 오시는 걸 미리 알리기 위해 왔다나요. 그분은 주인의 정중한 안부 말씀 외에도, 글쎄 값진 선물들을 가지고 왔습니다. 소인은 사랑의 사신으로서 그분처럼 어울리는 분은 처음 뵙습니다. 화려한 여름이 곧 찾아올 것을 알리는 춘사월의 상쾌한 날이라도 자기 주인보다 먼저 온 이분과는 비교도 되지 않습니다.

포 셔 제발 그만둬. 네가 입에 침이 마르도록 칭찬하는 걸 보니, 그분이 네 친척이라는 말이 금방이라도 입에서 나올까 무섭구나……. 네리서야, 나가 보아라. 그렇게도 점잖게 이 곳을 찾아온 큐피드의 사신이라면 나도 얼른 만나 보고 싶구나.

네리서 사랑의 신이여, 제발 배사니오 님이시기를! (퇴장)

베니스의 상인

3막

1장

샤일록의 집 앞 거리

솔레니오·살레리오 등장.

솔레니오 한데, 거래소에서 무슨 소식이라도 있었나?

살레리오 아주 대단한 소문이 있네. 화물을 만재한 안토니오의 배가 해협에서 파선당했다는 소문 말이야. 장소는 굿윈즈라지 아마. 어찌나 험한 여울이었던지 큰 배들이 송장같이 무척 많이 파묻혀 있다는군. 하기야 뜬소문의 주범이라는 수다쟁이 노파 말이 믿을 만하다면 말이네만.

솔레니오 그래, 제발 거짓말쟁이 노파였으면 좋겠지만. 수다쟁이 노파가 생강을 씹어 놓고서는 세 번째 영감이 죽어서 울었다고 아무리 말해도 이런 말은 누구도 곧이듣지는 않겠지. 하지만 그건 사실일세. 길게 늘어놓은 이런저런 얘기는 일체 빼고 간단하게 말하면, 그 친절한 안토니오가 글쎄, 그 정직한 안토니오가 원, 뭐라고 불러야 그 사람 이름에 맞는 적당한 칭호가 될까?

살레리오 자, 어서 얘기의 결론을 말해 보게.

솔레니오 글쎄 결말을 말하면, 그가 배 한 척을 잃었다네.

살레리오 오, 제발 그의 손실이 이것으로 끝이라면 좋으련만.

솔레니오 나도 어서 '아멘'이라고 해 두어야겠네. 악마에게 기도를 방해받아서는 안 되니 말일세. 저기 유대인의 탈을 쓴 악마가 오고 있군.

샤일록이 집에서 나온다.

여보시오, 샤일록, 상인들 사이에 무슨 새로운 소식이라도 나온 게 있소?

샤일록 (돌아보면서) 당신네들은 알지? 누구보다도 잘 알지? 내 딸이 달아난 것 말이오.

살레리오 그렇소. 나만 하더라도 당신 딸이 입고 날아간 날개를 맞춰 준 양복집을 아니까.

솔레니오 그런데 당신도 새끼 새에 날개가 생겼다는 것쯤은 알고 있었을 게 아니오. 그렇다면 새가 어미 새를 떠나는 것이 본능이란 걸 알았을 텐데.

샤일록 망할 것 같으니.

살레리오 정말 망할 것이지. 악마의 눈으로 바라본다면.

샤일록 내 혈육이 배반을 하다니.

솔레니오 아니 원, 그 나이에도 혈육이 배반을 하오?

샤일록 아니, 딸년이 내 혈육이란 뜻이오.

샬레리오 원, 당신의 살결과 딸의 살결은 흑옥과 상아보다 더 많이 차이가 나지 않소. 당신의 피와 딸의 피만 하더라도 적포도주와 백포도주처럼 사돈의 팔촌 격이오. 그건 그렇고, 혹시 안토니오가 해상에서 무슨 손해를 입었다는 그런 소문을 듣지 못했소?

샤일록 아이고, 이런. 난 또 한 번 거래를 잘못했군. 파산자에다 방탕한 놈 같으니라고, 이젠 거래소에 감히 얼굴도 못 내밀 것 아닌가. 거지 같은 자식이 얼마 전까지도 제법 멋을 내고 시장엘 드나들었겠다. 그 차용 증서나 잊지 말라지! 그 자식이 나보고 고리대금업자라고 불렀겠다. 흥, 그 차용 증서나 잊지 말라지! 그 자식이 예수쟁이들의 친절이라며, 돈을 거저 빌려 주고 했겠다. 흥, 그 차용 증서나 잊지 말라지!

샬레리오 그런데 그가 기일을 어기더라도, 그의 살을 벌금으로 받거나 하진 않으실 테지. 그 살로 뭘 하겠소?

샤일록 미끼로 쓰지! 아무 쓸 데가 없다 해도 내 복수심을 만족시켜 주니. 그 자식은 날 모욕하고 오십만 더커트나 손해보도록 날 방해했어. 그리고 내가 손해를 보면 조소하고, 이익을 보면 조롱했지. 우리 민족을 멸시하고, 내 거래를 방해 놓았겠다. 친구는 떼어 놓고, 원수는 충동질했겠다. 대체 무슨 까닭에? 내가 유대인이기 때문이지. 그래 유대인은 눈이 없나? 아니 오장이, 육체가, 감각이, 감정이, 정열이 없단 말인가? 같은 음식을 먹고, 같은 연장에 다치고 같은 병에 걸리고, 같은 약에 낫고, 겨울에는 춥고, 여름에는 덥지. 무엇이 예수쟁이들과 다르단 말이야! 찔러도 우린 피가 안 난단 말인가? 간질여도 웃지 않는단 말인가? 다른 것들이 모두 당신네와 한가지라면, 이 일에 있어서도 한가지 아니오? 가령 유대인이 그리스도 교도를 모욕했다고 합시다. 그리스도 교도의 관용은 뭐겠소? 복수가 아니겠소? 그렇다면 그리스도 교도가 유대인을 모욕한 경우, 그리스도 교도를 본뜬다면 유대인은 어떤 인내를 해야 옳겠소? 물론 복수요! 당신네들이 가르쳐 준 악행을 나도 실행하겠소. 온갖 고난을 무릅쓰고라도 당신네들이 가르쳐 준 교훈 이상으로 철저히 실행하겠소.

안토니오의 하인이 등장하여 솔레니오와 살레리오에게 말한다.

하 인 두 분 나리, 저의 주인 안토니오님께서 돌아오셨는데 두 분을 뵙고자 하십니다.

살레리오 우리도 이곳저곳을 찾아다니던 중이네.

튜벨이 샤일록의 집으로 오고 있다.

솔레니오 유대놈이 또 하나 오는군 그래. 악마 자신이 유대인의 탈이라도 쓰고 나타난다면 몰라도, 아마 저 두 녀석보다 지독한 유대인은 이 세상에 없을 거야. (솔레니오·살레리오 퇴장)

샤일록 여보게, 튜벨. 제노바에서 무슨 소식이 없나? 그래 딸은 찾았나?

튜 벨 소문이 난 곳곳마다 다 가 봤지만 어디 찾을 수가 있어야지.

샤일록 아니, 이런, 다이아몬드가 없어졌어. 프랑크푸르트에서 이천 더커트나 주고 산 다이아몬드가…… 우리 민족에게 이런 천벌이 내릴 줄은 정말 난 몰랐네. 다이아몬드만 해도 이천 더커트이고,

이 밖에도 갖가지 귀한 보석들이……. 제기랄, 딸년이 내 발밑에서 죽어 버려도 좋으니까 보석들이나 남아 있으면……. 내 발밑에서 딸년이 입관되어도 좋으니까 돈이나 관 속에 들어 있으면……. 그래 아무 소식도 없나? 제기랄, 찾느라고 돈이 얼마나 들었는지 나도 모르겠네. 원, 설상가상이구먼. 도둑 딸 찾느라 손해, 마음대로 일도 안 되고 분풀이도 못하고. 불행이란 불행은 모두 내 어깨 위에 내려와 앉고, 한숨이란 한숨은 죄다 내가 쉬는 한숨이고, 눈물이란 눈물은 죄다 내 눈에서 쏟아져 나오고.

튜　벨　아니야, 불행한 사람은 자네 말고도 또 있네. 제노바에서 들은 얘기인데 안토니오가…….

샤일록　뭐, 아니 뭐, 불행이 있었어, 불행이?

튜　벨　상선이 한 척 파선당했다네. 트리폴리에서 오는 길에…….

샤일록　어이구, 고마워라, 고마워! 그래, 정말인가, 그게 정말이야?

튜　벨　그 난파선에서 살아 나왔다는 선원들을 두세 명 만나서 얘기해 봤네.

샤일록　고맙네, 튜벨. 참 고소한 소식이야, 고소한 소식. 하하, 그래 어디서 들었나, 제노바에서 들었나?

튜　벨　자네 딸이 제노바에서 글쎄 하룻밤에 팔십 더커트를 썼다는 소문이 있더군.

샤일록　자넨 내 가슴에 칼을 꽂고 있군 그래. 그 돈은 영영 물 건너갔군. 팔십 더커트나, 앉은 자리에서 팔십 더커트나.

튜　벨　베니스로 오는 길에 안토니오의 채권자 몇 명과 동행했는데, 이번에는 다들 안토니오가 파산을 면하지 못할 것이라고 그러더군.

샤일록　아이고, 기뻐라. 그놈 욕을 좀 보여 주고 혼을 내줘야지. 아무튼 기쁘다.

튜 벨 그런데 그 채권자 한 사람이 내게 반지를 보여 주었지. 원숭이 한 마리를 주고 자네 딸에게서 얻은 것이라나.

샤일록 망할 것 같으니. 여보게, 튜벨, 날 그만 좀 못살게 굴게. 그건 내 터키석 반지네. 그건 총각 시절 리어(샤일록 아내)한테서 선사받은 물건이니, 나 같으면 몇 천만 마리의 원숭이하고도 바꾸지는 않을 것 아닌가.

튜 벨 그러나 안토니오가 망할 것만은 확실한 모양이야.

샤일록 그렇고 말고, 그건 사실이야. 튜벨, 자네 가서 돈으로 공무원을 한 명 매수해 놓게. 이 주일 전부터 부탁해 두는 거야. 그놈이 그 기일만 어겨 봐라. 그놈의 염통을 도려 낼 테다. 그놈만 베니스에서 없어지면 난 무슨 장사라도 마음대로 할 수 있을 것 아닌가. 자, 가 보게 튜벨. 그리고 나중에 우리네 예배당에서 만나세. 어서 가 보게, 튜벨. 예배당에서, 알겠나. (두 사람 퇴장)

2장

벨몬트, 포셔의 집 (홀)

상자 앞의 커튼이 열려 있다. 복도에는 악대가 대기하고 있다.
배사니오·포셔·그라시아노·네리서, 그 외에 시종과 하인들 등장.

포 셔   제발 서두르지 마시고 하루이틀 계시다가 운명을 시험하세요,
네? 잘못 고르시는 날에는 당신과 작별하게 되니 말예요. 그러니
잠깐만 참으세요. 사랑은 아니지만, 어쩐지 당신과 헤어지기가 싫
어요. 미운 정이라면 절대로 이런 조언을 하지 않을 거예요. 그러
나 당신께서 제 맘을 이해하지 못하시지나 않을까 해서……. 그래
도 처녀의 마음은 생각뿐이지 말로 하기는 힘들지요. 그러니 저를
위해서라도 운명을 시험하시기 전에 한두 달 이곳에 머무르시게
하고 싶어요. 어떤 상자를 고르시라고 가르쳐 드릴 수도 있지만,
그건 제가 맹세를 깨뜨리게 되니 가르쳐 드릴 수는 없어요. 만약
당신이 잘못 고르게 된다면 맹세만을 고집한 저 자신을 평생 원망

할 거예요. 아 원망스러워라. 당신의 그 두 눈, 그 눈에 사로잡혀 제 맘은 두 조각이 났어요. 한 조각은 당신의 것, 다른 한 조각도 당신의 것, 아니 제 것이긴 하면서도 제 것은 역시 당신의 것. 그러니 결국 모두 당신의 것이에요. 아, 이 저주받을 세상을 보세요. 소유주의 정당한 권리를 가로막다니! 그러기에 당신의 것도 당신의 것이 되지 못하고 있지요. 그렇게 되면 운명의 신이 지옥에 떨어져야 해요. 제가 아니라요. 제 말이 너무 길었어요. 그러나 이것도 시간에 추를 달아 시간을 늘이고 질질 끌어서, 상자 고르는 것을 지체시키고 싶은 마음에서랍니다.

배사니오 어서 고르게 놔 주시오. 지금 같아서는 고문대에 앉아 있는 것 같으니까요.

포 셔 고문대라고요, 배사니오 님? 그렇다면 어서 자백하세요. 당신의 사랑 속에 어떤 거짓이 섞여 있는지 말이에요.

배사니오 거짓이라뇨, 다만 당신의 사랑을 놓치지나 않을까 하는 저 추악한 의심밖에는 없습니다. 내 사랑에 거짓이 있다면 눈과 불 사이에도 애정과 생명이 있을 것입니다.

포 셔 자, 그럼 고백하세요. 살려 드릴 테니.

배사니오 고백하지만 '사랑합니다.' 이것이 내가 고백하고 싶은 전부입니다. 이 얼마나 복스러운 고문이냐. 구원의 방법을, 고문하는 사람이 가르쳐 주시다니. 자, 이제 운명의 상자를 고르게 해주시오.

포 셔 그럼 가세요. 저기 어떤 하나의 상자 속에 제가 들어 있어요. 진정으로 사랑하신다면 절 맞추어 내실 거예요. 네리서, 그리고 다른 사람들도 저만큼 물러서 있거라. 그리고 이분께서 상자를 고르고 계실 동안 음악을 연주하도록 일러 줘. 그래야 실패하시면 백조의 최후처럼 음악 속에 사라지실 게 아니냐. (하인 한 사람만이 지켜 서 있고 모두 복도로 간다) 좀 더 절실한 비유를 하자면, 이 눈은 눈물로 강물을 이루어 이분에게 물 속 죽음의 자리가 되어 드릴 것 아니냐. 성공하실지도 모르지. 그때는 음악이 무슨 역할을 할까? 그렇지, 그때의 음악은 충성된 백성들이 새로 등극한 임금을 보고 절할 때 울리는 우렁찬 나팔 소리와도 같은 게 아니겠는가. 또는 결혼식 날 새벽, 꿈꾸는 신랑의 귓속에 살며시 찾아와서 식장으로 불러내는 저 달콤한 음악과도 같은 것 아니겠는가. 이제 상자를 고르러 나가시네. 바다의 괴물에게 바쳐진 처녀 제물을 찾으러 간 젊은 헤라클레스에 못지않게 용감하시고, 그보다도 더한 애정을 가지고. 난 그 제물, 그리고 저기 저 여자들은 눈물에 젖은 얼굴로 사투의 결과를 보러 나온 트로이의 부인네들이에요. 가세요, 헤라클레스! 당신이 살아야만 저도 살아요. 승부를 하고 계신 당신보다도 보고 있는 제 마음이 훨씬 더 괴롭습니다. (음악, 그 동안 배사니오는 상자를 보고 혼자 궁리한다)

노 래 사랑이 자라는 곳 그 어딘가,
가슴속 깊은 데인가 머릿속인가?
어떻게 낳고 뭘 먹고 자라나?

일 동 대답을 하라, 대답을 해.

노 래 사랑이 자라는 곳, 사람의 눈 속,
눈 속에 자라지만 금방 죽어 버리네.
누워 있는 요람 속에서,
자, 종을 울리세, 사랑을 애도하는 장송곡을……

일 동 이렇게 치세, 딩~ 동~ 댕.

배사니오 그러니까 겉과 속이 전혀 다를 수도 있지. 세상은 늘 허식에
속고만 있으니. 재판에서 내용이 아무리 썩고 곯은 소송이라도 교
묘한 말로 양념을 하면 악행의 외관이 가려지거든. 종교를 보더라
도, 엄숙한 얼굴로 축복을 하고 경전을 인용하여 증명하면, 무서운
이단설도, 어떠한 모독도 아름다운 허식으로 은폐되어 버리지 않
는가. 아무리 하찮은 악덕이라도 외관만은 그럴듯한 미덕의 표지
를 가장하지 않는가. 모래를 쌓아올린 계단처럼 허약한 세상의 겁
쟁이들도 턱에는 헤라클레스나 눈살 찌푸린 마르스 군신 같은 수
염을 달고 있는 사람들이 얼마나 많은가. 속을 들여다보면 간은 우
유처럼 희기만 한데, 이것들을 무섭게 보이려고 장수인 체 겉치레
만 한 것이 아닌가. 미인을 보더라도, 화장이라는 저울의 근대로
매매가 되지 않느냐 말이다. 화장이란 기적을 행하는 것이라, 가장
무거운 화장을 하는 여자일수록 가장 가벼운 여자란 말이야. 그렇
지, 이름난 미인의 머리에서 바람과 음탕하게 장난하고 있는 저 뱀
같은 황금의 고수머리칼도 알고 보면 죽은 사람 머리의 유물이고,
그 금발의 주인공은 해골이 되어 무덤에 누워 있는 수도 흔히 있지
않는가. 그러니 허식이라는 건 사람을 매우 위험한 바다로 꾀어내
는 가짜 해안이요, 인도 미인의 얼굴을 가리는 아름다운 면사포이
기도 하다. 때문에 찬란한 황금, 욕심쟁이 미다스 왕도 주체하지
못했다는 탄탄한 음식 황금, 내게는 아무런 소용이 없다. 그리고
너, 창백한 낯짝을 하고서 사람과 사람 사이에서 천역을 하고 다니
는 은도 내게는 필요 없다. 그러나 보잘것없는 납아, 희망을 약속
해 준다기보다는 사람을 위협하고 있는 것 같지만, 네 솔직함이 웅

변보다 내 마음을 움직이는구나. 자, 이것으로 하자! 제발 기쁜 결과가 오기를! (하인 열쇠를 내민다)

포 셔 (방백) 갖가지 의심이며, 경솔하게 품은 절망이며, 벌벌 떨리는 공포며, 눈이 파래지는 질투며, 모든 감정이란 감정이 어쩌면 다 이렇게 공중으로 사라져 버릴까. 아, 사랑아. 좀 진정하고, 흥분하지 말아라. 기쁨의 비도 적당히 내려 다오. 너무 과하지 말아 다오. 행복감을 이겨 내지 못할 정도라면, 좀 덜어 다오. 행복에 식상하면 안 되니까!

배사니오 (납 상자를 연다) 이게 무엇이냐? 오, 포셔의 초상이구나. 신(神)의 화필이 아니고서야 어떻게 이렇게 똑같을 수가? 눈은 움직이나 보다! 아니, 내 눈동자에 비쳐서 움직이는 듯이 보이는 것인가? 벌어진 이 입술, 사탕 같은 입김에 벌어져 있구나. 정다운 두 입술을 이렇게 향기로운 입김이라야 떼어 놓을 수 있겠지. 이 머리카락은 화가가 거미가 되어 이처럼 황금의 그물을 쳐 놓았는가 보다. 거미줄에 걸려든 모기보다 더 세게 마음을 잡아 놓으려고. 그러나 이 눈! 이것을 그린 화가의 눈이 대체 끝까지 멀쩡할 수 있었을까? 한쪽 눈을 그리자, 화가는 두 눈 다 시력을 빼앗기고 그림에는 더 이상 손을 대지 못하지는 않았을까? 그러나 내 아무리 칭찬해도, 칭찬의 말로써는 오히려 이 그림한테 모욕이 되는 것처럼, 이 초상 또한 실물하고는 천양지차가 있지 않은가. 종이가 있구나, 내 운명의 모든 것이 쓰여진 종이가.

눈으로 고르지 않는 사람은
늘 행복하고 맞게 고른다.

이 행복 네 것이 되었으니,

그만 만족하고, 새것을 찾지 말아라.

이를 기뻐하고

이 행복을 천복으로 여긴다면,

저 연인에게로 가서

사랑의 키스를 하고 구혼을 하라.

친절한 글이다. (포셔를 보며) 아가씨, 실례지만 이 글대로 드릴 것은 드리고 받을 것은 받겠습니다. 상대방과 승부를 다투던 사람이 관중 앞에서 잘 싸웠다고 생각하면서도, 박수갈채와 아우성 소리에 정신이 어지러워, 과연 폭풍우 같은 칭찬이 자기를 위한 것인가 하고 한참 동안 멍청히 서 있기만 하듯이, 아가씨, 지금 저도 그와 같습니다. 아가씨의 확인과 서명과 조인이 있을 때까지는 눈앞의 것이 모두 의심스럽고 정신이 멍할 뿐입니다.

포 셔 배사니오 님, 저라는 여자는 보시는 바와 같은 사람이에요. 그것도 저 혼자만을 위해서라면 더 이상 훌륭해지기를 바라진 않아요. 그러나 당신을 위해서는 지금보다 육십 배는 더 훌륭한 인간이, 천 배나 더 예쁜 여자가, 아니 만 배나 더 큰 부자가 되었으면 싶은 심정이에요. 오직 당신에게서 높은 평가를 받고 싶어서 덕이나 미나 재산이나 친구에 있어, 훨씬 더 훌륭한 인간이 되었으면 해요. 그렇지만 지금의 저로선 모두 해 봐야 별것 아니에요. 한마디로 말씀드리면, 버릇 없고 교양 없고 경험도 없어요. 하지만 다행스러운 것은 배우지 못할 만큼 나이를 먹지 않았어요. 그보다 더 다행인 것은 천성이 배우지 못할 만큼 둔한 여자는 아니에요. 그리고 무엇보다도 성질이 온순한 만큼, 모든 것을 맡기고 당신을 저의 주인, 지배자, 임금으로 섬기며, 당신의 지도를 받을 수 있어요. (키스한다) 지금까지는 제가 이 집의 주인이고, 하인의 주인이고, 제 자신의 여왕이었지만, 지금부터는, 지금 이 순간부터는 이 집과, 하인들, 그리고 제 자신까지 모두 저의 주인이신 당신의 것이에요! 이 반지도 함께 드리겠어요. 만약 이것을 손에서 빼거나, 잃어버리든지, 혹 남에게 주거나 하시는 경우에는, 당신의 사랑이 깨진 증거로 알겠어요. 그러니 그때는 저도 가만히 있지 않을 거예요.

배사니오 포셔, 나로서는 이제 더 할 말이 없소. 다만 내 혈관의 피만이 내 생각을 당신께 전달하고 있소. 내 모든 기능은 온통 혼란에 빠져 있소. 마치 경모하는 국왕이 무슨 열변을 하고 났을 때 기뻐서 어찌할 바를 모르는 군중들에게서 볼 수 있는 그런 혼란이랄까요. 글쎄 하나의 단어로서는 의미가 있지만 온통 뒤섞여 그저 무의미한 잡음이 되어 버리는, 그런 혼란 말이오. 그러나 이 반지가 내 손가락에서 사라지는 날은, 내 가슴에서 내 생명이 사라지는 날이오. 아, 그때는 서슴지 말고 이 배사니오가 죽었다고 말하시오.

네리서와 그라시아노가 다가온다.

네리서 주인님, 그리고 아가씨, 지금까지 곁에 서서 소원 성취를 지켜보고 있었지만, 저희들도 이제는 축하의 말씀을 올려야겠어요. 축하합니다, 주인님. 그리고 아가씨!

그라시아노 배사니오, 그리고 상냥한 아가씨, 나 같은 사람이 어디 축하의 말이 있겠소만은, 두 분께서 실컷 기쁨을 누리시길. 그리고 두 분께서 백년해로의 가약을 맺으실 때는 나도 결혼하게 해 주시오.

배사니오 그러다뿐인가, 상대만 골라 놓았다면야.

그라시아노 고맙습니다. 덕분에 한 사람 골라 났다네. (네리서의 손목을 잡고) 날쌔기로는 내 눈도 자네 눈에 지지 않네. 자네는 아가씨를 보고 있고 난 시녀를 보고 있었지. 자네처럼 나도 성미가 급해서 말이지. 자네의 운명이 저기 저 상자들에 좌우되다시피, 사실은 내 운명 역시 그랬다네. 글쎄 진땀을 빼며 구애를 하고 입천장이 마르도록 사랑의 맹세를 하고 해서 겨우 사랑의 약속을. 이 약속이 오래갈지 모르겠지만, 이 아름다운 이한테서 자네가 다행히 아가씨를 맞춰야만 한다는 조건부로 약속을 얻어냈다네.

포　셔 그게 정말이니, 네리서?

네리서 예, 아가씨께서 허락해 주신다면.

배사니오 그리고 그라시아노, 자네도 진심이겠지.

그라시아노 진심이다뿐인가.

배사니오 그럼, 우리들의 축연은 그대들의 결혼으로 더욱더 빛나게 되겠네.

그라시아노 여보게, 우리 천 더커트를 걸고 누가 먼저 첫아들을 낳는지 내기해 볼까?

네리서 아, 내기에 지시면 어쩌시려고요?

그라시아노 그만두지, 그 노름에 이기지 못한다면 내기에도 질 테니까…….

로렌조·제시카·살레리오 등장.

아니, 이게 누군가? 로렌조와 유대인의 딸이 아닌가? 아니, 그리고 베니스의 친구 살레리오가 아닌가?

배사니오 로렌조, 그리고 살레리오, 어서 오게. 이 집의 주인이 된 지 얼마 안 된 내가 환영할 자격이 있는지는 모르겠지만, 환영하네. (포셔에게) 포셔, 나의 고향 친구들이오, 환영해 줍시다.

포 셔 당연히 환영해야죠. 참 잘 오셨어요.

로렌조 고맙네. 실은 자네를 볼 계획이 아니었는데, 도중에 살레리오를 만나 졸라 대기에 차마 거절하지 못하고 같이 오게 되었다네.

살레리오 사실 그렇긴 하지만, 이유가 있었네. 안토니오도 저 사람을 자네한테 부탁하라고 했네. (편지를 배사니오에게 내준다)

배사니오 편지를 뜯기 전에 어서 얘기해 주게, 내 친구 안토니오의 소식을.

살레리오 안토니오는 별로 좋지 않아. 아무튼 이 편지를 보면 요사이 안토니오의 형편을 충분히 알게 될 걸세. (배사니오 편지를 뜯는다)

그라시아노 여보시오, 저기 저 여자 손님 좀 부탁하오. (네리서가 제시카를 맞는다. 그라시아노는 살레리오를 맞는다) 자 악수나 하세, 살레리오. 베니스의 형편은 어떤가? 그리고 저 무역왕 안토니오는 어떻게 지내던가? 그가 우리들의 성공을 들으면 기뻐할 거야. 우리는 지금 그리스의 제이슨처럼 황금의 양모를 얻고야 말았네.

살레리오 글쎄 말이네, 그게 안토니오가 잃은 황금의 양모라면 좋겠네만. (두 사람은 한쪽으로 물러선다)

포 셔 저 편지는 무슨 불길한 내용인가 봐. 저이의 얼굴빛이 저렇게 백지장 같은 것을 보면……. 친한 친구라도 죽었을까? 그렇지 않고야 멀쩡한 대장부가 세상에 어떻게 저렇게까지 실망하실라고. 아니, 점점 더 나빠지네! (손으로 배사니오의 팔을 잡는다) 배사니오, 저는 당신의 반이에요. 그러니까 그 편지 내용의 절반은 당연히 저도 알아야겠어요.

배사니오 아, 포셔. 여기 이 몇 마디 말, 이렇게 불쾌한 말이 종이에 쓰여진 일은 한 번도 없었을 것이오. 포셔, 애당초 사랑을 고백했을 때 나는 솔직히 말했지만, 내 혈관 속에 흐르는 피가 내 전 재산이요, 다만 그것뿐이었소. 그건 진심이었소. 그러나 무일푼이라고는 했지만 실은 터무니없는 거짓말이었소. 재산이 무일푼이라 했을 때, 실은 무일푼 이하라고 말했어야 옳을 것이오. 사실 비용을 마련하느라고 어떤 친구에게 빚을 졌소. 그런데 그 돈은 그 친구가 자신의 원수한테서 얻은 돈이었소. (음성이 갈라지며) 자 편지를 보시오. 이 종이는 내 친구의 육체랄까, 일언일구가 입을 벌린 상처처럼 생명의 피를 토하고 있구려. 그런데 사실인가 살레리오? 그 사람의 사업이 모조리 실패했단 말인가? 그래, 하나도 성공하지 못했단 말이야? 트리폴리에서, 멕시코와 영국에서, 리스본, 바르바리, 인도 등지에서 아무 소식이 없단 말인가? 저 무서운 암초의 위험에서 그래 한 척도 피하지 못했단 말인가?

살레리오 그렇다네, 한 척도. 어디 그뿐인가. 지금 현금을 가지고 빚을 갚는다 하더라도 그 유대놈은 분명히 받지 않을 모양이더군. 인간의 탈을 쓰고 그렇게 무정하고도 욕심스럽게 남을 망치려 드는 놈은 세상에 처음 봤네. 글쎄 아침저녁으로 공작님을 성가시게 졸라 대며, 정당하게 재판을 안 해주면 베니스의 자유가 어디 있느냐고 떠들었다네. 수많은 상인이고, 공작님이고, 여러 유명 인사들이 아무리 달래 봐도 벌금을 내라느니, 증서대로 재판을 해달라느니 버티고 서서 그 잔인한 소청을 굽히지 않는다네.

제시카 예전, 아버지가 동족인 튜벨과 츄스에게 이렇게 맹세하는 것을 들었어요. 빌려 준 돈의 스무 배를 갚는다 해도 받지 않고, 기어이 안토니오의 살을 베어 갖겠다고 말이에요. 그러니 법률의 힘이나 관권으로 막지 않으면, 가엾게도 안토니오님은 큰 화를 당하시고 말 거예요.

포 셔 그렇게 헤어나지 못할 궁지에 빠진 분이 당신의 친한 친구분이신가요?

배사니오 제일 친한 친구요. 인자하고, 고결하고, 남의 일이라면 지칠 줄을 모르는 사람이오. 그 사람이야말로 이탈리아 천지에서 누구보다도 고대 로마 정신을 체득한 사람이라 해도 좋을 것이오.

포 셔 유대인한테 진 빚은 얼마나 되죠?

배사니오 삼천 더커트요. 나 때문이오.

포 셔 겨우 그것뿐인가요? 육천 더커트를 지불하고 차용 증서를 말소시키지요. 아니, 그 두 배, 세 배를 지불해서라도, 그런 친구분의 머리카락 하나라도 당신 실수 때문에 잃게 해서는 안 돼요. 무엇보다도 우선 교회로 가서서 절 아내라 불러 주세요. 그리고 당장 친구분을 찾아 베니스로 떠나세요. 불안한 마음으로 이 포셔 곁에 누워서는 안 되니까요. 그런 건 스무 배라도 갚을 만한 돈을 드릴게요. 모든 문제가 해결되면, 그 친구분을 모시고 오세요. 그 동안 저와 네리서는 처녀나 과부같이 지내겠어요. 자, 함께 가세요. 결혼식이 끝나면 곧 떠나셔야 하니까. 친구분들을 대접하시고 즐거운 얼굴을 하세요. 비싼 값을 치르고 겨우 제 것이 된 당신이니까 애지중지해 드려야죠. 그럼, 친구분한테서 온 편지를 좀 읽어 주세요.

배사니오 (읽는다) 친애하는 배사니오, 나의 상선은 모두 파선되고, 채권자들은 점점 더 박정해지고, 사태는 극히 악화되고 있네. 그리고 유대인에 대한 그 차용 증서 역시 기한을 경과하고 말았네. 이 채무를 이행하려면 나는 도저히 살아날 길이 없을 것이니, 자네와 나 사이의 채무 관계는 자연히 청산되겠지. 마지막으로 한번 만나고 싶으니 형편에 따라 행동해 주기 바라네. 만약 자네의 우정이 오기를 불허한다면, 이 편지는 개의치 말게.

포 셔 아, 배사니오. 어서 일을 마치시고 곧 떠나세요.

배사니오 떠나라는 허락을 얻었으니 빨리 떠나겠소. 그러나 다녀올 때까지는 어떠한 침실에도 쓸데없이 머물지는 않겠소. 어떤 휴식도 당신과 나와의 재회를 지체하게 하지는 않겠소. (황급히 퇴장)

3장

샤일록의 집 앞 거리

샤일록·솔레니오·안토니오·간수 등장.

샤일록　여보게 간수, 이 녀석을 조심하게. 이 녀석은 이자 없이 돈을
마구 빌려 주는 바보이니까. 여보게 간수, 조심하게.

안토니오　여보시오, 샤일록. 그러지 말고 내 말 좀 들어 보시오.

샤일록　차용 증서대로 하겠다니까. 네 말은 듣고 싶지 않아. 차용 증서
대로 할 테니 증서에 위반되는 말은 하지 말라니까. 난 맹세했어.
기어이 증서대로 하겠다고 말이야. 이유도 없이 너는 날보고 개라
고 했지. 그러니 내가 개라면 내 이빨을 조심하란 말이야. 공작님
보고 재판을 해 달래야지. 제기랄, 망할 놈의 간수 같으니 어쩌자고
이 녀석의 청을 듣고 멍청하게 이렇게 한길에 데리고 나왔담.

안토니오　제발 내 말 좀 들어 보시오.

샤일록　증서대로 할 테니까 입 닥쳐! 그래 내가 그리스도교 녀석들의

중재에 넘어가서, 머리를 끄덕이고 마음 풀고, 한숨을 짓고 하는 멍청한 바보인 줄 알아? 따라오지 말라니까. 얘기하고 싶지 않아. 증서대로만 할 테야. (안으로 들어가고 문을 닫아 버린다)

솔레니오 몹쓸 놈 같으니.

안토니오 내버려 두게, 아무리 애원해도 소용없으니까. 이제 그만 쫓아다니겠어. 그자는 내 생명이 목적이니 말일세. 그 이유를 내가 모르는 것도 아닌데. 그자한테 돈에 몰려 사정해 온 채무자들을 나는 여러 번 도와준 일이 있었네. 그래서 그자는 날 미워하는 걸세.

솔레니오 공작님께서 설마 이 계약 위반을 유효 판결이야 내리실라고.

안토니오 아냐. 공작님도 법의 정당성을 굽히실 순 없지. 외국인들이 이 베니스에서 갖고 있는 특권이 거부 당해 보게. 이 나라 법은 크게 비난당할 게 아닌가. 더구나 이 베니스의 무역과 이권은 여러 민족들로 성립되어 있으니 말일세. 그러니 그만 가세. 슬픔과 내가 입은 손해로 해서 어찌나 말랐는지, 내일 그 잔인한 채권자에게 주어야 할 일 파운드의 살조차도 붙어 있을 것 같지가 않아. 자, 갑시다. 간수. 내가 채무를 갚는 것을 보러. 그저 배사니오나 와 주었으면……. 그러면 내가 뭘 더 바라겠나. (퇴장)

4장

벨몬트, 포셔의 집 (홀)

포셔·네리서·로렌조·제시카, 포셔의 남자 하인 밸타자 등장.

로렌조 부인, 이렇게 면전에서 말씀드리기는 거북합니다만, 부인께
서는 신성한 우정에 대하여 참으로 훌륭한 생각을 가지고 계십니
다. 그것은 주인의 부재 시에 부인의 태도를 보면 가장 잘 알 수 있
는 것 같습니다. 그러나 이 호의가 누구를 위한 것이며, 이 구원을
받는 분이 얼마나 훌륭한 신사이고, 그분이 주인과 얼마나 친한 친
구인지를 아시게 된다면 부인께서도 세상의 관례적인 우의와는
다르다는 것을 아시고 한층 더 자랑스럽게 생각하실 것입니다.

포 셔 전 좋은 일을 하고 후회한 적은 없어요. 이번에도 마찬가지예
요. 평소에 친하게 같이 지내는 벗이란, 영혼의 사랑이 하나의 끈으
로 맺어져 있다고 할까, 용모며 태도며 정신에, 반드시 공통점이 있
는 법이에요. 이런 사실만 봐도 안토니오라는 분은 남편의 둘도 없

는 친구이시라니까 틀림없이 남편과 흡사한 분일 것이고, 그런 분을 지옥 같은 고통에서 구해 드리기 위해 그런 비용쯤은 문제가 되지 않아요. 그러고 보니 너무 제 자랑만 한 것 같네요. 이제 그만해 두겠어요. 그런데 다른 얘기가 있어요. 로렌조 님, 남편이 돌아오실 때까지 이 집의 경영과 감독을 좀 맡아 주세요. 저로 말하자면 하느님께 남몰래 맹세를 했어요. 저의 남편과 네리서의 남편이 돌아올 때까지, 전 네리서만 데리고 가서 조용히 기도와 묵상의 날을 보내기로 말이에요. 그 동안 이곳에서 십 리 정도 떨어진 곳에 있는 수도원으로 가 지낼까 해요. 이 청은 제발 거절하지 마세요, 네? 당신에 대한 저의 호의를 봐서도 그렇고, 또 부득이한 사정이 있으니까요.

로렌조 (절을 하고) 그러다뿐입니까. 부인의 분부시라면 뭐든지 하겠습니다.

포 셔 식구들은 벌써 제 결심을 알고 있어요. 그러니 제 남편과 저 대신 당신과 제시카를 주인같이 섬길 거예요. 그럼 안녕히, 다시 뵐 때까지.

로렌조 부디 안녕히, 잘 다녀오십시오.

제시카 아가씨, 부디 잘 다녀오세요.

포 셔 고마워요, 모두 안녕히 계세요. 제시카, 잘 있어요. (제시카와 로렌조 퇴장) 밸타자, 이제껏처럼 앞으로도 충실하게 일을 돌보아 주기를 부탁한다. 자, 이 편지를 가지고 너의 있는 힘을 다해 서둘러 파도바로 가서 그곳에 계시는 사촌 오라버님 벨라리오 박사님께 보여 드리고, 그분이 주시는 서류와 의복을 받아서 베니스로 건너가는 나루터로 뛰어오너라. 여러 말할 것 없이 어서 떠나라. 난 너보다 먼저 가 있겠다.

밸타자 예, 아씨. 전력을 다해서 얼른 다녀오겠습니다. (밸타자 퇴장)

포 셔 네리서, 네게는 아직 얘기 안 했다만 묘안이 있어. 우리도 남편들을 따라 베니스로 가자꾸나. 물론 저쪽에서는 눈치채지 못하게 말이야.

네리서 눈치채지 않게 될까요?

포 셔 물론이지, 네리서. 그런데 변장을 해야 돼. 말하자면 우리가 남자라고 해도 그들이 속아넘어가게 말이야. 내기를 해도 좋지만, 우리가 젊은 남자 복장을 하면, 내가 더 미남으로 보일걸. 칼을 차도 내가 더 모양 있고 산뜻할 거야. 그리고 변성기가 찾아온 소년처럼 갈대피리 같은 음성으로 말하고, 걸을 때는 두 발짝의 종종걸음을 사내처럼 한 발짝으로 걸어야 하지. 그뿐 아냐, 멋쟁이 청년같이 큰소리를 탕탕 치며 싸움 얘기도 하고, 교묘하게 거짓말도 꾸며 대야 해. 이렇게 말야. '실은 양가집 부인들이 사랑을 고백해 왔지만 난 거절했지. 그랬더니 병이 나서 그만 죽고 말았어. 나로서는 어쩔 수 없는 일이었어. 그렇긴 해도 내가 잘못한 것 같아. 죽지 않게 해줄 것을.' 이런 시시한 거짓말을 한 스무 가지 늘어놓는단 말이야. 그러면 듣는 사람들은 내가 학교를 나온 지 일 년은 넘었을 것이라고 단정할 것이 아니냐. 이런 거짓말쟁이의 실없는 장난이라면, 나도 얼마든지 알고 있어. 그걸 한번 써먹어 보자는 거야.

네리서 그럼, 우리가 남자 노릇을 하나요?

포 셔 그런 말이 어디 있니. 곁에서 누가 이상하게 생각하면 어떡하려고. 아무튼 가자. 자세한 계획은 마차 안에서 얘기해 줄게. 정문 앞에 마차가 기다리고 있어. 그러니 어서 서둘러. 오늘도 이십 마일은 가야 하니까. (급히 퇴장)

5장

포셔의 집 앞 거리

길 양쪽 둑에는 잔디가 자라 있고, 그 위에는 삼나무들이 줄지어 서 있다.

란셀로트와 제시카가 이야기를 하면서 들어온다.

란셀로트　정말 그렇습니다, 아버지의 죄는 자식이 물려받기 마련이니까요. 그러니까 정말 아가씨는 위험하십니다. 전 항상 아가씨께는 털어놓고 말해 왔지만, 지금도 이 문제를 곰곰이 생각해서 말씀드린 것입니다. 자, 그러니까 기운을 내세요. 아가씨의 지옥행은 틀림없을 것 같으니까요. 하지만 지옥행을 피할 길이 하나 있기는 있습니다만, 그것도 실은 확실한 희망이 아니라서요.

제시카　그래, 어떤 희망인데?

란셀로트　그러니까, 아가씨는 아버지가 만든 자식이 아니라는 거죠. 다시 말하자면 유대인의 딸이 아니라는 그런 희망 말입니다.

제시카 그거 참, 희망이라 할 수 없는 희망이구나. 그래, 우리 어머니의 죄도 딸인 내가 물려받게 되어 있다는 말이지.

란셀로트 사실 그래서 걱정이죠. 아버지 쪽으로나 어머니 쪽으로나 어차피 지옥에 떨어지게 되는 건 마찬가지니까요. 앞문의 늑대를 피하고 보니, 뒷문에서는 호랑이가 기다리고 있는 셈입니다. 그러니까 아가씨는 옆으나 뒤집으나 매한가지입니다.

제시카 하지만 우리 집 어른이 구원해 주실 거야. 그이는 날 기독교도로 만들어 놓았잖니.

란셀로트 이거, 한술 더 고약한 양반인데요. 안 그래도 예수쟁이들이 너무 많아요. 같이 살아갈 수 없을 만큼 수가 많지요. 거기에다 또 예수쟁이들을 만들어 놓으면 돼지고기 값만 오르게요. 너도나도 돼지고기를 먹게 해 봐요, 돈을 아무리 줘도 베이컨 한쪽 못 얻어먹게 될 테니까요.

로렌조가 안에서 나온다.

제시카 애, 네가 한 말 우리 집 양반한테 얘기할 테야. 저기 오시잖니, 그이가.

로렌조 란셀로트, 그렇게 남의 마누라를 구석에 몰아다 놓고 있으면, 조만간 내가 널 질투하게 될 거다.

제시카 아니 여보, 그런 염려는 하실 필요 없어요. 란셀로트하고 지금 싸우고 있었어요. 쟤가 함부로 입을 놀리지 않겠어요? 저보고 유대인의 딸이니까 천당 길은 막혀 있다는 둥, 그리고 당신보곤 유대인을 기독교도로 만들어서 돼지고기 값만 올라가게 해 놓았으니

고얀 시민이라는 둥 말이에요.

로렌조 그것쯤이야 네가 검둥이 계집의 배를 부르게 한 데 비하면, 이 사회에 대하여 간단히 변명이 서지. 란셀로트, 그 검둥이 계집이 네 아이를 가졌다며?

란셀로트 그 검둥이 계집의 배가 보통이 아니라면 큰일인데요. 그러나 고것이 그따위 수상한 짓을 했다면, 거 생각한 것보다 엉뚱한 계집이군요.

로렌조 어찌 바보는 모두 저렇게 입심이 좋을까. 이러다간 침묵이 영리한 사람의 미덕이 되고, 떠들어서 칭찬받는 놈은 앵무새뿐이겠어. 이놈아, 들어가서 식사 준비하라고 일러라.

란셀로트 먹을 준비는 다 되어 있습니다. 다들 밥 들어갈 배를 준비하고 있으니까요.

로렌조 아니, 넌 말을 잘도 받아치는구나! 그럼 상을 보라고 좀 일러라.

란셀로트 상도 봐 놓았습니다. 식탁보만 씌우면 되니까요.

로렌조 그럼, 좀 씌워 주겠나?

란셀로트 보를 씌우다뇨, 천만에요. 그럴 수는 없지요. 이래봬도 전제 분수쯤은 알고 있는 놈입니다.

로렌조 요것 보게, 또 꼬집어 뜯네. 아니 넌 있는 재치를 모두 털어놓을 셈이냐? 제발 진실된 귀로 들어 다오. 부엌으로 가서 일러라. 식탁에 보를 깔고 음식을 차려 놓으라고 말이야. 곧 식사하러 들어갈 테니까.

란셀로트 식탁은 차려 놓고요, 음식은 덮어 놓으라고요, 이렇게 이르란 말씀이죠? 그런데 잡수시러 들어오시는 건 마음 내키는 대로 하십시오. (퇴장)

로렌조 기가 막히는군. 어쩌면 저렇게도 말을 잘 할까……바보 놈이 묘한 말을 머릿속에 산더미같이 집어넣고 있나 봐. 그런데 세상에는 저자보다 신분이 나으면서도 머릿속에는 저자처럼 온통 뚱딴지만 들어 있고, 말의 겉멋만 내느라고 내용은 무시해 버리는 그런 바보도 얼마든지 있지. 여보, 제시카. 당신 의견은 어떻소? 배사니오의 부인이 맘에 드시오, 안 드시오?

제시카 마음에 드니 안 드니라고 말할 수 없어요. 배사니오 님은 정말 얌전한 생활을 하셔야 옳아요. 그렇게 멋진 부인을 만난 것은 이 세상에서 천국의 기쁨을 발견한 것이나 마찬가지니까. 그만한 올바른 생활을 하지 않으시면 당연히 천국에 가지 못할 게 아니에요. 가령 두 신이 천상에서 무슨 승부를 하신다고 쳐요. 그리고 그 내기에는 지상의 두 여자를 건다고 해요. 그런데 그중 하나가 포셔라면, 다른 쪽 여자한테는 무엇이든 더 갖다 보태야만 할 거예요. 빈약하고 소박한 이 세상에는 포셔에 견줄 만한 여자는 없으니 말이에요.

로렌조 아내로서 말이지. 바로 그런 남편을 당신은 얻었소.

제시카 뭐예요, 그것 역시 제 의견을 들어 보셔야죠.

로렌조 그건 곧 듣기로 하고, 우선 들어가 식사나 합시다.

제시카 싫어요, 당신 칭찬을 하게 놔두세요. 칭찬은 하고 싶을 때 해야 하니까요.

로렌조 아니오, 그런 얘기는 식사를 하면서 합시다. 그렇게 하면 당신이 무슨 얘기를 하든 다른 음식들과 함께 소화될 게 아니오.

제시카 좋아요, 그럼 푸짐하게 칭찬해 드릴게요. (퇴장)

베니스의 상인

4막

1장

베니스의 법정

간수가 지키고 있는 안토니오. 배사니오·그라시아노·살레리오·
관리·서기·군중 등장.
흰옷을 입은 공작과 붉은 옷을 입은 여러 명의 고관들이 위풍당당
하게 들어와 의자에 앉는다.

공 작 그런데 안토니오는 출두했는가?

안토니오 예, 여기 대령하고 있습니다.

공 작 참 안되었네. 자네를 고소한 자는 목석 같은 인간이고, 자비심
은 물론이고 인정이라고는 털끝만큼도 없는 자이니 말일세.

안토니오 공작님께서 저 자의 가혹한 주장을 완화시키기 위해 수고가
많으셨다는 얘기는 저도 들었습니다. 하지만 그 작자가 워낙 완고
할 뿐 아니라 합법적으로는 도저히 그 자의 마수에서 벗어날 길이
없습니다. 그러니 이제는 상대방의 발악에 인내심으로 대하고, 그

저 조용한 마음으로 그 자의 포악과 발광을 감수하기로 했습니다.

공　작　누가 가서 그 유대인을 불러들여라.

살레리오　그자는 문 앞에 대령하고 있습니다. 저기, 지금 들어오는
군요.

공　작　좀 비켜 줘라, 내 앞에 세워라. (길을 비켜 준다. 샤일록, 공작 앞으로
나와서 절을 한다) 여보게 샤일록, 자네가 이 악의에 찬 태도를 고집
하는 것은 재판을 최후의 막다른 순간까지 끌고 가려 하는 것이고,
그때가 되면 지금의 이 놀라운 잔인함과는 딴판으로 자비와 연민
을 보여 줄 것으로 세상 사람들은 생각하고 있고, 나 역시 그렇게
믿고 있네. 지금은 이 불쌍한 상인의 살 일 파운드를 벌금으로 강
요하고 있지만, 결국은 이 벌금을 면해 줄 뿐 아니라, 인간적인 우
정과 애정에 감동하여 원금의 일부까지도 면해 줄 것이라고 모두
들 믿고 있네. 저 상인의 최근에 입은 막대한 손해는 무역계의 왕
이라고 할 만한 사람까지도 짓눌러 버리는 손해라니, 금석같이 냉
혹한 마음을 가지고, 동정심 같은 것은 전혀 배우지 못한 인정 없
는 터키 인이나 타타르 족까지도 지금의 저 사람 사정을 동정하지
않을 수 없을 것이니 말이네. 여보게, 샤일록, 우리들은 자네의 입
에서 친절한 대답이 나오기를 기다리고 있네.

샤일록　제 생각은 공작님께 벌써 다 말씀드렸습니다. 그리고 차용 증
서대로 벌금을 받겠다는 것도 저희들의 안식일에 두고 맹세한 사
실입니다. 그래도 거절하신다면, 공작님의 특권과 이 도시의 자유
가 위태로워지지 않겠습니까? 아마 의아하게 생각하실 테죠. 왜
내가 삼천 더커트를 마다하고 일부러 살 일 파운드를 요구하는지.
지금 그 답변은 하지 않겠습니다. 하지만 그건 제 기분이랄까요.

이것으로 답변이 되겠습니까? 가령 저의 집에 귀찮은 쥐 한 마리가 돌아다닐 경우 내가 만 더커트를 들여서 그걸 독살시키게 한다고 합시다, 어떻습니까? 이만하면 납득이 가십니까? 세상에는 통째 구운, 입 벌린 돼지를 좋아하지 않는 분도 있고, 고양이를 보면 미치는 사람도 있고, 콧소리 같은 자루피리 소리만 들으면 오줌을 참지 못하는 사람도 있습니다. 감정의 주인공인 사람의 성미가 각각의 기호를 결정하니 말입니다. 한데 아까 공작님의 질문에 대한 답변 말입니다만, 입을 벌린 돼지를 왜 참지 못할까, 무해유익한 고양이를 왜 싫어할까, 천으로 싼 자루피리 소리만 들으면 어째서 견디지 못할까 하는 데 대한 답변으로 확고한 이유를 들 수는 없지요? 다만 자기도 욕을 보고 남까지 욕을 보이고 창피를 면하지 못하기 때문이랄까요. 내가 안토니오를 상대로 이렇게 밑지는 소송을 시작한 것도 따지고 보면 오래 묵은 원한과 어떤 증오감 때문이지, 이 밖에는 말할 수도 없고, 말하고 싶지도 않습니다. 이만하면 납득이 되십니까?

배사니오 에잇, 인정 없는 놈아. 그런 대답이 어디 있어. 그걸로 네 잔인한 행동의 변명이 될 줄 아느냐!

샤일록 나는 네 마음에 들 답변을 할 의무는 없다.

배사니오 자기가 싫다고 다 죽어야 옳단 말이냐.

샤일록 미우면 죽이고 싶은 것이 사람의 마음 아니냐?

배사니오 마음에 들지 않는다고 처음부터 미워할 것은 없지 않느냐!

샤일록 아니, 그래 넌 독사한테 두 번씩이나 물려도 좋단 말이냐?

안토니오 여보게, 그만두게. 저런 유대인과 시비를 하고 있느니 차라리 바닷가에라도 가서 만조의 밀물에게 보통 때 높이로 낮춰 달라고 하는 게 낫고, 늑대를 보고 어째서 어린 양을 잡아먹고 어미 양을 울렸느냐고 따지는 것이 낫지. 또 질풍에 흔들리는 산상의 나뭇가지를 향해 흔들리지 마라, 소리를 내지 마라 하는 것이 낫지. 저 유대인의 마음을 부드럽게 하려고 아무리 애를 써도 안 될 걸세. 저렇게 지독한 사람은 세상에 둘도 없으니 말일세. 그러니 자네에게도 부탁이네만, 이젠 더 무슨 제안이나 손쓸 것 없이 아주 간단하고 편리하게 판결을 보게 해주고, 이 유대인에게도 목적을 달성하게 해주기만 바랄 뿐이네.

배사니오   자, 네 삼천 더커트 대신 육천 더커트 여기 있다.

샤일록   그 육천 더커트의 일 더커트 하나하나가 여섯 조각이 나서 그 조각들이 일 더커트씩 된다 해도 받지 않겠어. 나는 차용 증서대로만 하겠다.

공   작   남을 그렇게 동정하지 않으면서 신의 자비를 바라려고 하는가.

샤일록   내가 잘못이 없는 이상, 무슨 판결이든 두렵지 않습니다. 당신들 중에는 노예를 많이 사서 나귀나 개나 노새처럼 천한 일에 혹사시키고들 있소. 왜죠? 돈을 주고 샀으니까 그렇죠. 그런데 어떻습니까? 내가 당신들보고, 노예를 해방시켜 당신의 외동딸과 결혼시키시오, 어째서 무거운 짐을 지워 진땀을 빼게 하오, 그 자들의 잠자리도 당신네들처럼 푹신하게 해주시오, 음식도 당신네들처럼 입에 맞게 해주시오, 이렇게 말한다면 뭐라고 대답하실 테요. '노예는 우리 것이니까.' 이렇게 대답하실 테지. 나 역시 마찬가지죠. 내가 요구하는 살 일 파운드는 고가의 대가를 치른 것이니 그건 내 것이오. 그걸 갖겠다는 것입니다. 그걸 거절하신다면, 이 나라 법률은 휴지와 같고, 베니스의 법령은 허수아비와 같아지는 것이오.

나는 판결을 요구합니다. 어떻습니까, 판결해 주시겠습니까?

공 작　나는 내 권한으로 이 법정을 폐정시킬 수 있는 일이나, 이 사건의 판결을 위하여 초청한 석학 벨라리오 박사가 오늘 도착하기로 되어 있소.

살레리오　각하, 파도바로부터 박사의 편지를 가지고 지금 막 도착한 사람이 문 밖에서 기다리고 있습니다.

공 작　그 편지를 이리 가져오고, 그 사람도 들라 해라.

배사니오　여보게, 안토니오! 기운을 내게. 이 사람아, 차라리 내 이 살과 피와 뼈와 그 모든 것을 저 유대놈에게 주고 말지, 자네가 나 때문에 피 한 방울이라도 흘려서야 되겠나.

　　샤일록이 허리의 칼을 빼서 갈기 위해 앉는다.

안토니오　양으로 말하자면 난 양 떼 중 병든 양이니 죽어야 마땅하지. 과일 중에서도 가장 약한 놈이 가장 먼저 떨어지지 않던가. 그러니까 나를 가만 놔두게. 배사니오, 자네는 할 일이 있어. 더 오래 살아남아서 내 무덤에 비문이나 써 주게.

　　네리서가 변호사의 서기 복장을 하고 등장.

공 작　그대는 파도바의 벨라리오 박사로부터 왔는가?

네리서　네, 각하. 벨라리오 박사님께서 안부 말씀이 계셨습니다. (편지를 내준다. 공작은 뜯어서 읽는다)

배사니오　왜 칼을 그렇게 열심히 가는 게냐.

샤일록   저기 저 파산자한테서 벌금을 베어 내려고 간다.

그라시아노   이 지독한 유대놈아. 신발 바닥에다 칼을 가는 것보다는 네 영혼에다 가는 것이 어떠냐! 하지만 어떤 연장도, 아니 사형 집행인의 도끼도 너의 그 무서운 악의에 비한다면 반만큼도 날카롭지 못할 거다. 그래 아무리 애원해도 네 놈의 가슴에는 소용없단 말이냐?

샤일록   물론이지, 네놈의 재주로는 어림도 없다.

그라시아노   기가 막혀, 제기랄. 저주하다 못해 이 개만도 못한 놈아! 너 같은 놈을 살려 두면 법이 욕을 본다! 네놈을 보고 있으니까 내 신앙까지도 흔들린다. 피타고라스 말마따나 짐승의 혼이 사람 몸 속에 들어왔다는 그런 생각까지 하게 된다. 네 놈의 그 개 같은 근성은 원래 늑대 속에 들어 있던 것이 사람을 잡아먹은 죄로 교수형을 당할 때에, 그놈의 흉악한 영혼이 교수대에서 도망쳐 나온 길로 네 몸속에 들어간 것이 아니고 뭐냐. 네가 더러운 네 어미 뱃속에 있을 때 말이다. 그래서 욕심이 살에 굶주린 늑대같이 잔인한 거다.

샤일록   그렇게 욕을 한다고 차용 증서의 도장이 지워져 없어질 줄 아느냐. 괜히 소리만 질러서 네 허파만 아프겠다. 젊은이가 그럴 것 없이 정신을 좀 차려. 이젠 아주 못 쓰게 부서질라. 난 재판을 해 달라는 거야.

공 작   이 편지를 보면 벨라리오 박사는 박식한 청년 박사 한 사람을 이 법정에 추천하고 있는데, 그분은 어디 있는가?

네리서   바로 이 근처에 와 계신데, 이 법정에 들어오게 하실 것인지, 공작님의 의향을 기다리고 계십니다.

공 작 뭣들 하는가? 어서 몇 사람 가서 공손히 모셔오너라. (시종 몇 사람 절을 하고 나간다) 그 동안 이 법정은 벨라리오 박사의 편지를 들어 봅시다. (편지를 읽는다) '각하께 이 서한을 올리나이다. 각하의 서한을 받았을 시에, 소생은 와병 중에 있었으며, 각하의 파견인이 도착했을 때, 마침 로마의 청년 박사 벨타자 씨가 문병차 소생과 함께 있었습니다. 소생은 유대인과 상인 안토니오 간의 소송 내용을 청년 박사에게 설명한 후, 소생 등 양인은 많은 참고 서적을 조사하고, 소생도 의견을 청년 박사에게 충분히 피력한 바 있습니다. 청년 박사의 학식은 소생이 추천 여부를 기다릴 필요조차 없이 박식하온 바, 그 지식을 가지고 소생의 의견을 부언하고, 소생의 요청에 의하여 소생의 대리로, 각하의 청에 응하고자 귀처를 방문하게 되었습니다. 청년 박사는 아직 연소하지만 두뇌는 출중하오니, 연령의 부족을 가지고 청년 박사의 평가에 지장이 없기를 바라나이다. 끝으로 청년 박사를 환대해 주시옵기 바라오며, 소생이 추천한 데 대한 근거는 미구에 결과를 보시면 판명될 것으로 확신하고 각필하나이다.' 석학 벨라리오 박사의 서한 내용은 지금 낭독한 바와 같소.

포셔가 법률 박사의 차림으로 손에 책을 한 권 들고 등장.

공 작 저분이 그 대리 박사인가 보오. 악수합시다. 벨라리오 박사께서 보낸 분이지요?
포 셔 예, 그렇습니다.
공 작 잘 오셨소, 앉으시오. (시종, 포셔를 공작 옆에 있는 책상으로 안내한

다) 그런데 이 법정에서 현재 심의 중인 사건 내용은 이미 알고 계시죠?

포 셔 자세한 이야기를 들었습니다. 그런데 어느 쪽이 상인이며, 어느 쪽이 유대인입니까?

공 작 안토니오, 그리고 샤일록. 두 사람 다 앞으로 나와 서라. (앞으로 나와 공작에게 인사한다)

포 셔 당신 이름이 샤일록이오?

샤일록 예, 샤일록입니다.

포 셔 당신이 요구하는 소송은 그 내용이 참 괴이하기는 하나 위법성은 없으니, 베니스의 법률상으로도 당신의 소송 진행을 비난할 수는 없소. 그런데 안토니오, 당신의 생사권은 저 사람 손에 달려 있단 말이지.

안토니오 그렇습니다.

포 셔 차용 증서의 정당성을 인정하는가?

안토니오 예, 인정합니다.

포 셔 그렇다면 유대인 쪽에서 자비심을 발휘해야 되겠소.

샤일록 무슨 의무로 말입니까? 어디 좀 들어 봅시다.

포 셔 자비라는 것은 강요될 성질이 아니며, 하늘에서 이 지상에 내리는 단비와도 같은 것이오. 자비는 이중의 혜택을 가지고 있소. 첫째 자비를 베푸는 사람에게 혜택이 가고, 자비를 받은 사람에게도 혜택이 있소. 자비야말로 최고 권력자의 가장 위대한 미덕이라 할 것이며, 군왕을 더욱 군왕답게 하는 것은 왕관보다 이 자비요. 군왕이 가진 지휘봉은 지상 권력의 상징이요, 위엄의 표지로 두려움을 의미할 뿐이오. 그러나 자비는 권력의 지배를 초월하여 군왕의 가슴속 옥좌에 앉아 있소. 말하자면 바로 하느님의 덕이라 하겠소. 따라서 자비를 가지고 정의를 완화할 때 지상의 권력은 신의 권력에 가장 가까워지는 것이오. 그러니 이보시오, 유대인. 당신의 주장이 비록 정의에 적합하기는 하나, 생각해 보시오. 누구나 정의만 쫓는다면 인간은 한 사람도 구원받지 못할 것이오. 우리는 하느님께 자비를 기원하지만 이 기원은 곧 우리들 상호 간에 자비를 베풀도록 가르치고 있는 것이오. 내가 이렇게까지 이런 말을 한 것은 정의에 대한 당신의 주장을 완화시켜 보자는 것이나, 정 추궁하겠다면 베니스의 엄격한 법정은 여기 이 상인에게 불리한 판결을 내릴 수밖에 도리가 없소.

샤일록 내 행동의 결과는 감수할 테니, 어서 재판이나 해주시오. 차용증서대로 벌금을 받을 테요.

포 셔 상인은 채무를 이행할 능력이 없는가?

배사니오 아닙니다. 지금 제가 대신 이행하겠다는 것입니다. 두 배를, 아니 그것으로도 부족하다면 열 배를, 내 손과 머리와 심장을 담보로 해도 좋습니다. 만약 그래도 부족하다면 이건 분명히 무슨 적의가 있어 그런 것이라고밖에 볼 수 없습니다. (무릎을 꿇고 양손을 든다) 아, 법관님, 당신의 직권으로 한 번만 법을 굽혀 주십시오. 대의를 위하여 소의를 굽혀서, 이 악마 같은 놈의 요구를 막아 주십시오.

포 셔 그건 안 될 말이오. 이 베니스의 어떠한 권력으로도 기존 법령을 좌우할 수는 없는 일이오. 그런 일을 하면 전례가 되어, 그 전례로 인해 허다한 착오가 발생하여 국가의 화근이 될 것이오. 그러니 그것은 도저히 안 될 말이오.

샤일록 과연 명판사이십니다. 다니엘 같은 명판사이십니다! (포셔의 옷자락에 키스한다) 나이는 젊으신데, 참 현명하고 훌륭한 판사님이십니다.

포 셔 그럼, 어디 그 차용 증서를 좀 봅시다.

샤일록 (자기 가슴에서 냉큼 증서를 빼면서) 이것입니다. 훌륭하신 박사님. 자, 읽어 보십시오.

포 셔 (그것을 받아 보며) 샤일록, 이 금액의 세 배를 지불하겠다는 제의를 어떻게 생각하시오?

샤일록 맹세, 맹세. 난 하늘에 맹세를 했소. 어디 내 영혼에 거짓 맹세를 할 수야 있겠소? 베니스 전부를 줘도 싫소이다.

포 셔 (증서를 조사해 본다) 거참, 이 증서는 기한이 지났구려. 그러니 유대인은 이 증서에 명시된 바에 따라 당연히 살 일 파운드를 이 상인의 심장에서 제일 가까운 곳에서 베어 낼 권리를 요구할 수가 있구려. 자비심을 발휘하여 대신 세 배의 돈을 받고 이 증서를 찢어 버립시다.

샤일록 찢는 것은 증서대로 채무가 이행된 다음에……. 제가 보기에 당신은 참 훌륭한 판사이십니다. 법률에도 밝으시고 해석도 지극히 온당하십니다. 당신은 법의 훌륭한 기둥이십니다. 법대로 부탁 드립니다. 어서 재판을 해주십시오. 나의 이 영혼에 두고 맹세하지만, 어떤 누구의 말도 내 마음을 돌리지는 못합니다. 어서 증서대로 해주십시오.

안토니오 저도 간절히 바랍니다. 어서 판결을 내려 주십시오.

포 셔 정 그렇다면, 당신은 저 사람의 칼을 가슴에 받을 각오를 하시오.

샤일록 과연 명판사이시다! 젊으신 분이 어쩌면 저렇게 훌륭하실까!

포 셔 그 이유인즉, 이 증서에 명시된 벌금은 법의 취지와 목적으로 보아 충분히 정당하니 그렇소.

샤일록 과연 그렇습니다. 어쩌면 이렇게 현명하고 공정하실까! 보기와는 달리 어쩌면 저렇게 성숙하실까!

포 셔 그러니까 상인은 가슴을 내놓으시오.

샤일록 예, 가슴입니다. 증서에 그렇게 쓰여 있습니다. 안 그렇습니까, 판사님? '심장에 가장 가까운 곳에서' 바로 이렇게 쓰여 있습니다.

포 셔 그럼 샤일록, 당신의 비용으로 의사를 불러오시오. 출혈이 심하여 죽으면 안 되니까, 상처를 치료하기 위해서요.

샤일록 증서에 그렇게 명시되어 있습니까? (증서를 달라고 해서 자세히 들여다본다)

포 셔 명시된 건 아니지만, 그러면 어떻겠소? 그만한 자비쯤은 베풀어도 좋을 것 아니오.

샤일록 그런 말은 보이지 않습니다. 증서에 없습니다. (증서를 포셔에게 다시 준다)

포 셔 여보게 상인, 무슨 할 말은 없소?

안토니오 별로 없습니다. 배사니오, 우리 악수하세. 잘 있게! 자네 때문에 내가 이렇게 됐다고 해서 슬퍼하지는 말게. 그래도 운명의 신은 보통 때보다 친절한 거야. 보통 같으면 거지꼴이 된 사람을 그대로 살려 둔 채 푹 꺼진 눈과 주름잡힌 낯을 해 가지고 말년에 고생을 보게 하는데, 내 경우는 그렇게 오래오래 고생을 하는 벌을 면하지 않았나. (둘은 포옹한다) 부인께 안부 전해 주게. 이 안토니오의 최후의 경로를 전해 주게. 내가 얼마나 자네를 사랑했는가를 전해 주게. 죽은 후에 나를 좋게 말해 주게. 그리고 그 이야기가 끝나 거든 부인께 물어 보게. 배사니오 자네에게도 친우가 있었던가 없었던가를. 자네가 친우를 잃은 것을 슬퍼만 해 준다면, 나는 자네로 인해 부채를 갚는 것을 조금도 슬퍼하지 않겠네. 저 유대인이 칼을 푸욱 찔러 넣어만 주면 나는 당장에 내 심장을 모조리 바쳐서 채무를 청산하고 싶네.

배사니오 안토니오, 내가 얻은 그 아내는 내게 생명과 같이 소중한 사람이네. 그러나 그 생명도 아내도, 아니 이 세계도 내게는 자네의 그 생명보다는 소중하지 못하네. 온갖 것을 잃어도 좋으니까, 아니 이 모든 것을 악마에게 희생시켜도 좋으니, 자네 생명만은 구하고 싶네.

포 셔 여보게, 당신 부인이 곁에서 그 말을 듣는다면 그리 달갑게 생각하지 않겠구려.

그라시아노 저도 아내를 얻었지요. 물론 사랑합니다만, 그녀가 천당에 가서 저 개와 같은 유대놈의 마음씨가 좋아지도록 신에게 빌어 주었으면 좋겠습니다.

네리서 그런 말은 부인이 없는 데서나 하셔야지, 괜히 가정 불화를 일으키겠습니다.

샤일록 (방백) 그리스도 교도의 남편놈들은 다 저렇다니까! 나도 딸자식이 있지만, 예수쟁이보다는 차라리 바라바 같은 강도놈의 자식이 고것의 남편이 되었으면 나았을 것 아닌가. (큰 소리로) 이건 괜한 시간 낭비요, 얼른 판결이나 내려 주십시오.

포 셔 저 상인의 살 일 파운드는 당신의 것이오. 이는 국법이 용인하고, 이 법정이 재정하는 바요.

샤일록 과연 공평한 판결이시다.

포 셔 그러니 당신은 상인의 가슴에서 살 일 파운드를 떼 내야 하오. 국법이 이를 승인하고, 법정이 이를 재정하오.

샤일록 과연 유식한 판사님이네. 판결이 났어. 자, 각오해라. (칼을 빼 들고 앞으로 나온다)

포 셔 좀 기다리시오! 더 할 말이 있소. 이 증서는 단 한 방울의 피도 당신에게 준다고 하지 않았소. 여기 쓰인 말은 분명히 '살 일 파운드'요. 자, 증서대로 살 일 파운드를 베어 가지시오. 그러나 베어 낼 때 그리스도 교도의 피 한 방울이라도 흘리는 날이면, 당신의 토지 재산은 베니스의 국법에 의해 이 베니스 국에 몰수당할 것이오.

그라시아노 참 공평하신 판사님이시다. 들었냐, 이 유대놈아! 참으로 유식한 판사님이시다!

샤일록 그것이 법률이오?

포 셔 (법전을 펴 보이며) 당신 눈으로 조문을 보시오. 당신이 정의를 주장하는만큼 당신이 요구하는 이상의 엄격한 재판을 각오하시오.

그라시아노 과연 박식한 판사님이시다. 들었느냐, 유대 녀석아? 박식한 판사님이시다.

샤일록 그럼, 아까 그 말대로 하겠으니 차용액의 세 배를 지불해 주시고, 저 그리스도 교도는 석방해 주십시오.

배사니오 자, 돈 여기 있다!

포 셔 가만 있으시오! 유대인에게는 오직 정의대로 해주겠소. 가만 있으시오, 서두르지 마시고……. 증서대로 과료 이외는 아무것도 줄 수 없으니까.

그라시아노 봐라, 이 유대놈아. 참 공정하고 박식한 판사님 아니시냐!

포　셔 그러니까, 자 살을 베어 낼 준비를 하시오. 피는 한 방울도 흘려서는 안 되오. 살도 꼭 일 파운드를 베어 내야지 많아도 적어도 안 되오. 일 파운드보다 많거나 적거나 할 경우에는, 설사 그것이 한 푼 중의 이십 분의 일이라는 극히 근소한 양이라 할지라도, 아니 머리카락 하나의 중량 차이로 저울이 기울기만 하는 날이면 당신은 사형이며, 전 재산은 몰수요.

그라시아노 과연 제2의 다니엘이시다. 다니엘 같은 명관이시다. 이, 유대 녀석아! 불신자야, 이제 맛이 어떠냐!

포　셔 왜 유대인은 지체하고 있소? 벌금을 받지 않고.

샤일록 원금만 돌려받고 가게 해주십시오.

배사니오 여기 있다. 자 받아라!

포　셔 저 사람은 공판정에서 그것을 거절하지 않았는가. 그러니까 정의와 증서대로만 해주면 그만이오.

그라시아노 정말 다니엘 같은 분이시다. 제이의 다니엘이시다! 유대인, 고맙다, 좋은 말을 가르쳐 줘서.

샤일록 원금만이라도 주실 수 없을까요.

포　셔 계약 위반시의 조건 이외는 절대 안 되오. 그것도 당신 생명을 걸고 말이오.

샤일록 에잇, 제기랄 것! 이 이상 물어 볼 것 없다.

포　셔 가만 있게, 유대인! 또 한 가지는 법의 적용을 받을 일이 있소. (책을 읽는다) 이 베니스의 법률에 의하면 만약 외국인이 베니스 시민에 대하여, 간접 또는 직접적인 수단을 써서 그 생명을 위협한 범죄 사실이 명백한 경우에는 범인 재산의 반은 피해자가 될 뻔한 피고의 소유가 되고, 다른 반은 국고에 몰수되오. 동시에 범인의 생명은 오직 공작의 처분에 달리고 타인은 일체 간섭을 하지 못하오. (책을 덮는다) 아시겠소? 원고는 지금 그와 같은 상태에 처해 있소. 이유인즉, 원고는 직접으로나 간접으로나 피고인의 생명 그 자체를 위협한 것이 명백한 증거에 의해 분명하니, 원고는 응당 무릎을 꿇고 공작님의 자비를 바라야 할 것이오.

그라시아노   네 손으로 목매달아 죽겠다고 청이나 해 보시지. 하지만 재산을 국가에 몰수당하면 목을 맬 줄인들 살 수 있겠느냐. 그러니까 역시 국가의 비용으로 교수를 당할 수밖에 없겠구나.

공 작   우리의 정신이 얼마나 다른가를 보여 주기 위해서 원고의 생명은 용서해 주겠다. 다만 재산의 반은 안토니오의 것이 되며, 다른 반은 응당 일반 국고 수입으로 될 것이나, 회개 여하에 따라서는 벌금으로 감형될 수도 있다.

포 셔   예, 국고 수입분에 한해서는 그럴 수 있습니다. 단 안토니오의 것은 문제가 다릅니다.

샤일록   아이고, 내 생명이고 뭐고 모두 가져가 버리시오. 감형도 필요 없소. 집을 만드는 기둥을 빼 가 버리면 집 전체를 빼 간 것이나 마찬가지가 아니오. 생계를 유지하는 재산을 빼앗아 가 버리면 생명을 빼앗아 간 것이나 한가지가 아니오.

포 셔   안토니오, 당신은 어느 정도의 자비를 베풀 수가 있겠소?

그라시아노   목 매달아 죽을 끈이나 하나 거저 주시고, 그 밖에는 저 유대인에게 제발 아무것도 주지 마십시오.

안토니오   공작 각하, 그리고 이 법정의 여러분. 재산의 반에 대한 벌금을 면제해 주셨으면 합니다. 그리고 나머지 반의 재산은 제가 관

리하고 있다가 최근 저 사람의 딸을 훔쳐 낸 신사에게 차후 양도해
줄 것을 저 사람이 승인하도록 해 주시기 바랍니다. 다른 두 가지
조건으로, 첫째는 이러한 은정에 대한 보답으로, 저 사람이 즉시
그리스도교로 개종할 것, 둘째는 자기 유산 일체를 딸과 사위 로렌
조에게 양도한다는 증서를 이 법정에서 작성할 것을 요구하겠습
니다.

공　작　그렇게 시키겠소. 듣지 않으면 앞서 내가 한 말을 전부 취소하
겠소.

포　셔　유대인은 만족하오? 어떻소?

샤일록　만족합니다.

포　셔　(네리서에게) 자, 서기. 양도 증서를 작성하오.

샤일록　저는 그만 물러가게 해주십시오. 기분이 좀 언짢아서요. 증서
는 나중에 보내 주시면 서명해 드리겠습니다.

공　작　그럼, 가 보시오. 그러나 서명은 반드시 이행해야 하오.

그라시아노　세례를 받으려면 교부가 둘이 있어야 하는데……. 그러
나 내가 재판관이라면 배심원 열 명을 더 불러서 너 같은 놈은 세
례받으러 데려가지 않고 교수대로 데려가겠다.

　샤일록이 아우성 속을 휘청거리며 퇴장.

공　작　(일어선다) 저희 집에 가서 식사나 같이 하십시오.

포　셔　아니, 죄송합니다만 용서해 주십시오. 오늘 밤 안으로 파도바
에 돌아가 봐야 하기 때문에, 지금 곧 떠나야겠습니다.

공　작　그렇게 시간이 없으시다니 참 안되었구려. (단상에서 내려오면서)

안토니오는 이분께 충분한 답례를 하시오. 아무튼 큰 신세를 졌으니 말이오. (공작·고관들·시종들 퇴장. 폐정)

배사니오   참으로 고맙습니다. 오늘 박사님 덕택으로 저와 제 친구는 무서운 형벌을 면하게 되었습니다. 그 은혜를 보답하는 의미로 이 삼천 더커트를 드리겠습니다. 유대인에게 지불하기로 되어 있던 것입니다. 약소하지만 박사님의 수고에 대한 성의니 받아 주십시오.

안토니오   물론 이 이상 성심을 다하여 영구히 은혜를 보답해야 될 줄로 생각합니다.

포 셔   마음의 만족을 느끼면 그것으로 충분히 보답된 것이오. 나는 당신들을 구원할 수가 있어서 만족하고 있습니다. 그러니 이것으로 충분히 보답은 받았다고 생각합니다. 전에도 그 이상의 보수를 바란 적은 없습니다. (인사를 하고 지나가면서) 혹 다시 뵙게 될 때 나를 모를 척하지만 말아 주십시오. 그럼 안녕히 계십시오. 이만 실례하겠습니다.

배사니오   (황급히 뒤를 따라가며) 실례가 될지 모르지만 정말 보수라고 생각지 마시고 그저 성의 표시로서, 무슨 기념품 정도라도 받아 주십시오. 그리고 저의 두 가지 청만 들어주십시오. 첫째, 제 말씀을 거절하지 마시고, 둘째, 저의 실례를 용서해 주십시오.

포 셔   (문 앞에서 멈추어 서면서) 그렇게까지 말씀하시니 달게 받겠습니다. (안토니오를 보고) 그럼 장갑을 주시오, 기념으로 쓰겠습니다. (배사니오를 보고) 그리고 당신의 기념으로는 그 반지를 받고……그렇게 손을 뒤로 빼진 마시오. 그 이상은 받지 않겠습니다. 댁의 말대로 성의 표시라니까 거절은 안 하실 테죠?

배사니오   아니 저, 실은 변변치 못한 것이 되어서……. 창피하게 이런 걸 드리고 싶지는 않습니다.

포　셔　그러나 그것 아니면 받지 않겠습니다. 어쩐지 그것이 마음에 드는구려.

배사니오　사실 이 반지는 가격이 문제가 아니고 좀 깊은 사정이 있어서요. 광고를 해서 찾아서라도 베니스에서 가장 비싼 반지를 올리겠습니다. 이 반지만은 제발 용서해 주십시오.

포　셔　아니 당신은 말씀으로만 환대하시는가 보구려. 처음에는 날 보고 청하라고 해 놓고, 이제 와서 생각하니 청하는 사람이 어떤 꼴을 당하는지 보여 주시는 것 같습니다.

배사니오　사실 이 반지는 아내한테서 받은 것인데, 손에 이걸 끼워 주면서 이런 맹세를 시켰지요. 절대로 팔거나 누구에게 주거나, 잃거나 하지 않는다는 맹세를요.

포　셔　주기가 아까울 때는 누구나 그런 구실을 내세우는 법이죠. 그러나 당신 부인께서 실성한 부인이 아니라면, 그리고 내가 이 반지를 받을 만하다는 것을 인정하신다면, 내가 이것을 갖는다고 해서 부인께서 언제까지나 원망하지는 않으실 것 같은데요. 그럼 안녕히들 계시오!

안토니오　여보게 배사니오, 그 반지를 드리게나. 자네 부인의 명령도 명령이지만 저분의 공로와 내 우정도 좀 생각해 주게.

배사니오　이봐, 그라시아노. 얼른 쫓아가서 이 반지를 드리게. 그리고 될 수 있으면 그분을 안토니오 집으로 모시고 오게. 자, 서둘러 가 보게. (그라시아노 급히 퇴장) 자, 우리도 가 보세. 그리고 내일 아침 일찍 벨몬트로 떠나세. 자, 가 보세. 안토니오. (퇴장)

2장

베니스 법정 앞 노상

포셔와 네리서 법정에서 나온다.

포 셔 (용지를 내주면서) 어서 유대인 집을 찾아가서, 이 증서를 주고
서명을 받아 오렴. 우린 오늘 밤에 떠나서 남편들보다 하루 앞서
집에 가 있어야 돼. 이 증서를 보면 로렌조가 얼마나 기뻐할까.

그라시아노가 법정에서 걸어 나온다.

그라시아노 선생님, 마침 잘 만났습니다. 실은 배사니오 씨도 이리저
리 생각하신 끝에 이 반지를 보내시면서 저녁 식사에 초대하고 싶
다는 말을 전했습니다.

포 셔 저녁은 힘들겠지만, 반지는 대단히 감사히 받는다고 전해 주
오. 그리고 수고스럽지만 저 청년을 샤일록 노인 집에 안내해 주

시오.

그라시아노 예, 그렇게 하겠습니다.

네리서 여보세요, 잠깐 여쭐 말씀이……. (포셔에게 방백) 저도 저이의
반지를 빼앗아 보겠어요. 죽을 때까지 간직하라고 맹세했던 반지
지만.

포 셔 (네리서에게 방백) 빼앗을 수 있을 거야, 틀림없이. 반지를 친구
분께 주었다고 둘러대겠지만, 나중에 그이들을 면목 없이 만들고
실토를 시키자꾸나. 자, 어서 가 보렴. 알고 있지? 기다리는 곳.

네리서 (그라시아노에게) 자, 그럼 그 집을 좀 안내해 주십시오. (퇴장)

베니스의 상인

5막

1장

벨몬트, 포셔의 집 앞 거리

여름 밤, 달이 떠 있고, 구름이 흘러가고 있다.
로렌조와 제시카가 나무 밑을 조용히 거닐고 있다.

로렌조   달이 참 밝기도 하다……. 그날 밤, 상쾌한 바람이 소리도 없
이 수목들에 고요히 키스를 하던 밤이 아니었을까. 트로일러스가
트로이의 성벽에 기어올라가서 그날 밤 미녀 크레시다가 자고 있
는 그리스의 천막을 보고 영혼의 탄식을 지은 것은…….

제시카   이런 밤이었을 거예요. 티스비가 무서워하며 이슬을 밟고 가
서, 애인을 보기 전에 사자의 그림자에 겁을 먹고 달아난 것
이…….

로렌조   이런 밤이었지. 여왕 디도가 버들가지를 들고 거친 바닷가에
서서, 애인 아이네아스를 보고 다시 한 번 카르타고로 돌아오라고
손짓을 한 것은…….

제시카 이런 밤에 효녀 미디아는 불로초를 캐서 늙은 아버지를 다시 젊게 한 거예요.

로렌조 이런 밤에 제시카는 돈 많은 아버지 집을 몰래 빠져나와, 건달 같은 애인과 베니스를 버리고 멀고 먼 벨몬트까지 왔던 것이오.

제시카 이런 밤에 로렌조라는 젊은이는 애인을 사랑한다고 철석 같은 맹세로 여자의 마음을 빼앗아 갔지만, 알고 보니 모두 거짓말이었어요.

로렌조 이런 밤에 저 귀염둥이 제시카는 말괄량이처럼 마구 애인을 욕했지만, 남자는 다 용서했지.

제시카 '이런 밤'을 쳐드는 경쟁이라면, 나도 얼마든지 해 볼 수 있어요. 그러나 누가 와요. 보세요, 사람 발소리가 들려요.

스테파노가 달려온다.

로렌조 거 누구요, 조용한 밤에 그렇게 달려오는 분은?

스테파노 친구입니다.

로렌조 친구? 누구 친구요? 여보시오, 그럼 이름을 대시오.

스테파노 제 이름은 스테파노입니다. 소식을 가져왔는데요. 아씨께서 동이 트기 전에 벨몬트에 도착하신답니다. 아씨는 이곳 저곳의 성 십자가 앞을 지나오시면서 무릎을 꿇고 행복한 결혼 생활을 기도하고 계신답니다.

로렌조 누구하고 같이 오시는가?

스테파노 수도사 한 분과 시녀 외에는 아무도 없습니다. 그런데 주인 양반께서는 아직 안 돌아오셨나요?

로렌조 아직 안 돌아오셨다. 그리고 아무 소식도 없으시다. 그건 그렇고, 제시카. 우린 안으로 들어가서 아가씨를 맞이할 준비를 성대하게 합시다.

란셀로트가 멀리서 부르는 소리가 난다.

란셀로트 솔라, 솔라……. 오, 하, 호, 솔라, 솔라!

로렌조 거 누가 부르오?

란셀로트 (숲 밖으로 달려나온다) 솔라! 로렌조 나리는 안 계십니까? 로렌조 나리는? 솔라, 솔라!

로렌조 소리 좀 그만 질러, 이 사람아! 여기 있네.

란셀로트 솔라! 어딥니까? 어디?

로렌조 여기라니까.

란셀로트 로렌조 나리께 좀 전해 주십시오. 우리 주인님의 속달을 가져왔습니다. 기쁜 소식을 뿔 나팔 속에다 잔뜩 담아 가지고 주인님이 아침까지는 돌아오신답니다. (퇴장)

로렌조 이봐, 제시카. 우린 들어가서 주인 내외분이 오시는 것을 기다립시다. 아냐, 그럴 것까지 없지. 들어가면 무얼 하겠소? 여보게, 스테파노. 안에 들어가서 좀 전해 주게. 아씨께서 금방 돌아오신다고. 그리고 악대 좀 밖으로 내보내 주고……. (스테파노, 안으로 들어간다) 달빛은 이 둑에서 참 상쾌하게 잠을 자고 있구나! 자, 우리 여기 앉아서 흘러오는 음악 소리나 들어 봅시다. 고요하고 평온하며 상쾌한 선율에 어울리는 심상이오……. (앉는다) 제시카 앉아요. 그리고 저것 봐, 넓은 하늘은 온통 황금 접시를 깔아 놓은 것만 같소. 저기 보이는 작은 별도 궤도를 돌며 천사같이 노래하고 있소. 눈이 맑은 아기 천사들에 소리를 맞추어서 말이오. 불멸한 영혼 속에는 다 저런 음조가 있는 것이오. 그러나 그 영혼은 썩고, 진흙 같은 살에 싸여 있어서, 그런 조음이 우리의 귀에는 들리지 않는 것이오. (악대가 살그머니 안에서 나와 수목 사이에 자리를 잡는다. 그대로 열어 놓고 나온 문에서 붉은빛이 새어 나온다) 다들 왔군. 자, 찬미의 음악으로 달의 여신을 깨워 보오! 최고의 감미로운 음악을 아씨 귀에 보내서, 음악 소리에 이끌려 집으로 오시도록 해 보오. (음악)

제시카 저는 웬일인지 모르게 슬퍼져요. 즐거운 음악만 들으면 말이에요.

로렌조 그건 당신이 너무나 긴장하고 있기 때문이오. 글쎄 보시오. 사납게 뛰노는 가축 떼나 길들지 않은 어린 망아지들은 미친 듯이 펄쩍 뛰고, 고래고래 울어 대고 하잖소. 그것은 곧 피가 끓기 때문이오. 하지만 나팔 소리를 듣거나 무슨 음악 소리가 귀에 들리기만 하면 그것들은 일제히 멈추어 서고, 그 사나운 눈까지도 온순한 눈초리로 변하지 않소. 이것이 바로 상쾌한 음악의 힘이오. 그러기에 악성 오르페우스는 나무와 돌은 물론 강물까지 끌어당겼다고 옛 시인이 말하고 있잖소. 글쎄, 아무리 목석같이 완고하고 광포한 사람이라도 음악에는 한순간이나마 감동을 받기 마련이니 말이오. 마음속에 음악이 없는 사람, 감미로운 음악의 조화에 감동하지 않는 사람, 그런 사람은 배신·음모·강도짓밖에 못 할 사람이오. 정신은 둔하고, 감정은 황천같이 컴컴한 사람이오. 그런 사람은 믿지 못할 사람이오. 자, 음악을……

포셔와 네리서가 길을 천천히 걸어 올라온다.

포　셔　저기 저 불빛은 우리 집 홀의 불빛이구나, 저렇게 작은 촛불이
어쩌면 이렇게 멀리까지 비쳐 올까! 험악한 세상에서는 착한 행동
도 꼭 저렇게 빛날 거야.

네리서　달이 밝았을 때는 저 촛불도 보이지 않았는데요.

포　셔　큰 영광이 작은 영광을 희미하게 하는 것은 바로 그런 이치야.
왕이 없을 때는 대리인도 왕처럼 빛나 보이지만, 왕이 나타나면 대
리인의 위엄은 사라지고 마는 법이야. 육지의 시냇물도 대양으로
흘러가 사라지고 말지 않니? 아니 음악이!

네리서　아씨 집의 음악이에요.

포　셔　역시 뭐든지 환경이 좋아야 좋게 보이는구나. 음악은 낮보다
밤에 훨씬 더 아름답게 들리는구나.

네리서　조용해서 그런 것이 아닐까요, 아가씨.

포　셔　곁에 아무도 없다면 까마귀 울음소리도 종달새 노래처럼 아름
답지 뭐냐. 그리고 소쩍새 역시 대낮에 거위 떼들이 떠드는 속에서
노래한다면 굴뚝새보다 나을 것은 없지 않느냐. 모든 것은 때와 장
소가 들어맞아야만 정당히 칭찬받고, 충분히 인정될 수 있는 법이
야. 쉿, 조용히! 달님은 아름다운 연인 엔디미온을 품고 자는지, 깨
워도 일어날 것 같지가 않구나.

로렌조　저 목소리는 틀림없이 아가씨의 목소리다. 내가 잘못 들었는
지도 모르겠지만.

포　셔　로렌조는 장님이 뻐꾹새를 알아보듯이 날 알아보는군. 내 목
소리가 흉해서 그렇겠지.

로렌조 아가씨, 안녕히 다녀오셨습니까?

포 셔 우리는 남편들이 무사하길 빌고 왔지만 제발 기도의 효험이 나타났으면 좋겠는데……. 그래, 돌아오셨니?

로렌조 아직 안 돌아오셨습니다, 아가씨. 그러나 아까 사람이 와서 곧 오신다는 통지가 있었습니다.

포 셔 애, 네리서. 안으로 들어가서 하인들보고 좀 일러라. 우리가 집을 비운 것을 조금도 내색 말아 달라고. 그리고 로렌조도 내색 말아요, 제시카도 물론이고. (나팔 소리, 멀리 길에서 사람 소리가 난다)

로렌조 주인양반이 돌아오십니다. 나팔 소리가 나지 않습니까. 저희 가 입을 놀리지는 않을 테니, 아가씨 염려 마세요.

포 셔 오늘 밤은 병든 대낮 같구나. 태양이 숨어 버린 낮이 이럴까.

배사니오·안토니오·그라시아노·시종들 등장.

배사니오 해가 없어도 당신만 이렇게 걸어다니면 지구 저편의 낮처럼 밝소.

포 셔 밝게 하는 것은 좋아도, 어디 그렇게 경박한 여자가 되어서야. 아내가 경박하면 남편은 침울해진다고 하던데요. 전 배사니오 님 을 그렇게 만들고 싶지 않아요. 하지만 다 하느님의 뜻에 달렸어 요. 아무튼 무사히 잘 다녀오셨어요? (그라시아노와 네리서, 한쪽으로 가 서 이야기한다)

배사니오 고맙소. 내 친구를 좀 환영해 주시오. 이 사람이, 내가 너무 나 신세를 지고 있는 안토니오요.

포 셔 신세를 많이 지셨고말고요. 듣자하니, 이분은 당신 때문에 많은 고통을 겪으셨다고요.

안토니오 고통이라 해 봐야 별것 아닙니다. 그리고 지금은 무사히 전부 청산했습니다.

포 셔 참 잘 와 주셨어요. 그러나 환영의 뜻은 말보다 다른 방법으로 표시해야 되니, 인사는 그만 해야겠어요.

그라시아노 (네리서에게) 저기 저 달에 맹세하지만 그건 내게 너무하잖소. 정말이지 그 반지는 재판장의 서기에게 주었다니까 그래. 그걸 그렇게까지 당신이 분해한다면, 그걸 받은 사람이 고자라면 좋겠네.

포 셔 아니, 벌써 싸움이에요? 무슨 일로?

그라시아노 글쎄, 하찮은 금반지 하나 때문인데요. 저 사람이 내게 선사한 것이랍니다. 그런데 거기에 새겨 둔 문구는 칼 장수가 칼에다 새기는 따위의 '날 사랑하고, 버리지 마세요.'랍니다.

네리서 문구니 값이니는 왜 따지는 거예요? 그걸 받으실 적에 당신은 맹세하셨잖아요. 죽을 때까지 지니고 계시겠다고. 그리고 죽으면 무덤 속에 묻어 달라고요. 그건 고사하고라도 당신의 그 열렬한 맹세를 위해서라도 좀 소중히 끼고 있어야 하실 것 아녜요. 재판관의 서기에게 주셨다고요! 하느님도 아시겠지만 그런 서기는 생전 가도 얼굴에 수염 하나 나지 않을 사람이 아닐까요.

그라시아노 아니야, 이제 어른이 되면 수염은 날 거야.

네리서 그럴 테죠. 여편네가 나이를 먹어서 사내로 변한다면 말이에요.

그라시아노 아냐, 이 손에 두고 맹세하지만 어떤 청년에게 주었다니까 그래. 아직 앳되고 꼬마 같은 소년이야. 당신보다 크지 않을 거야. 그 재판관의 서기란 사람이 어찌나 애걸을 하며 사례로 반지를 달래는지 그만……. 어디 차마 거절할 수가 있었어야지.

포　셔　그건 당신이 나빠요. 솔직히 말해서, 부인의 처음 선물을 그렇게 손쉽게 내줘 버리시다뇨. 더구나 맹세에 맹세를 거듭하여 손가락에 끼신 것 아닌가요. 그리고 정성의 못을 가지고 당신 살에 박아 놓은 것이 아닌가요. 나도 남편에게 반지를 하나 선사하고, 절대로 내놓지 않겠다는 맹세를 받아 놓았어요. 여기 남편이 계시지만, 천하의 보배를 다 준다고 해도 저이는 반지를 내놓거나 손가락에서 빼 버리거나 하지는 절대로 않으실 거예요. 이봐요, 그라시아노 정말이지 너무했어요. 그렇게 인정 없이 부인을 슬픔 속에 몰아넣으시다니, 나 같으면 미치고 말 거예요.

배사니오　(방백) 어이구, 이 왼손을 잘라 버릴 것을, 그러고는 빼앗기지 않으려고 하다가 결국은 잃고 말았다고 거짓말을 할 것을.

그라시아노　배사니오 씨도 재판관한테 반지를 내주셨답니다. 사실 재판관은 반지를 받을 만했습니다. 그러자 서기라는 그 소년까지 내 것을 달라고 졸라 대지 않았겠어요. 하긴 그 애도 기록을 하느라고 나름대로 애는 썼지요. 그런데말이죠, 서기나 재판관이나 두 사람이 다 반지밖에는 아무것도 받지 않겠다는군요, 글쎄.

포　셔　여보, 무슨 반지를 주셨어요? 설마 저한테서 받은 그 반지는 아니실 테죠?

배사니오　실수에다 거짓말을 덧붙여도 괜찮다면 아니라고 부정도 해 보겠소만, 보시오, 손가락에 반지는 없어졌소. 줘 버렸소.

포　셔　그처럼 당신의 진실도 비어 있을 거예요. 허위에 찬 당신의 마음에는……. (포셔 돌아선다) 하늘에 맹세하지만 그 반지를 다시 보기 전에는 당신과 한방을 쓰지 않을 거예요.

네리서 저도 그렇게 하겠어요. 반지를 도로 찾기 전까지는.

배사니오 이봐, 포셔. 그 반지를 누구에게 주었는지 그리고 무엇 때문에 주었는지 또 얼마나 마지못해 주었는지. 글쎄, 그 반지밖에는 어떤 것도 마다하니 말이오. 그런 사정만 알게 되면 당신도 그렇게까지 분해하지는 않을 것이오.

포　셔 그 반지의 가치를, 그 반지를 선사한 여자의 절반의 가치를, 그리고 당신의 명예를 위해서라도 그 반지를 끼고 있어야 한다는 것을 알고 계셨더라면, 그 반지를 그렇게 주지는 않으셨을 거예요. 당신이 끝까지 반대만 하셨으면 염치도 없게, 남의 기념물을 억지로 달라고 조르는 그런 사람이 세상에 어디 있겠어요? 네리서 말이 옳아요. 정말이지 그 반지는 어떤 여자에게 주신 거죠?

배사니오 천만에. 내 명예에 두고, 내 영혼에 두고 말이지만, 그건 여자가 아니라 법학 박사요. 삼천 더커트를 주어도 그분은 거절하고 반지만을 요구했소. 처음에 내가 그 제안을 거절하자 매우 괘씸해하는 눈치였소. 그분은 바로 내 친구의 생명을 구해 준 사람이오. 그러니 이봐요, 내가 뭐라고 해야 옳겠소? 할 수 없이 사람을 시켜서 반지를 보냈소. 창피하고 미안해서 정말 혼이 났소. 명예로움으로 봐서도 배은망덕하다는 오명을 입고 싶지 않았으니까. 그러니 용서해 주오. 이 밤의 저 거룩한 촛불에 두고 말이지만 당신이 그 자리에 있었더라면, 당신이 먼저 내 반지를 달래서 그 훌륭한 박사님에게 주었을 것이오.

포　셔 그러시다면 그 박사분을 우리 집 근처에 절대로 오지 못하게 하세요. 제가 아끼고 아끼는 반지를, 당신이 절 위해서 언제까지나

끼고 있겠다고 맹세하신 반지를 지금 그분이 가지고 있으니까 저도 당신처럼 뭐든지, 이 육체도, 당신의 침대도, 그분에겐 거절하지 않을 테니까요. 그분하고라면 어쩐지 마음이 꼭 맞을 것만 같아요. 그러니까 하룻밤도 집을 비우지 마시고, 눈이 백 개 달린 장사 아거스처럼 저를 잘 감시하셔야 돼요. 만약 그렇지 않으시고, 저를 혼자 내버려두신다면, 아직은 깨끗한 제 정조에 두고 말하지만, 전 그 박사와 함께 밤을 보낼 거예요.

네리서 저도 그 서기 양반과 함께 하겠어요. 그러니 여보, 당신도 저 혼자 내버려두지 않도록 조심하셔야 해요.

그라시아노 마음대로 하구려. 그러나 그 사람이 내 손에 안 잡히게 해야 되오. 그 젊은 서기 녀석, 잡혀만 봐라. 붓대를 가만히 두는가.

안토니오 불행히도 이 모든 싸움의 원인은 저입니다.

포 셔 아니에요, 그런 염려는 마세요. 아무튼 잘 오셨어요.

배사니오 포셔, 내가 잘못했소. 어쩔 수 없이 그렇게 된 거니까 제발 용서해 주오. 이렇게 친구들이 듣는 데서 맹세하지만, 아니 나를 비쳐 주는 당신의 아름다운 눈에 두고 맹세하는 바이지만, 저……

포 셔 어쩜, 저런 말을! 제 눈은 두 개니까 눈 속에 비치는 당신도 한 눈에 하나씩 둘이 아니겠어요. 그러니 두 갈래의 마음에나 두고 맹세하세요. 그래야 신용 있는 맹세가 되겠지요.

배사니오 그러지 말고 내 말 좀 들어 봐요. 이번만 용서한다면, 영혼에 걸고 앞으로 다시는 맹세를 깨뜨리지 않을 테니까.

안토니오 나는 저 사람의 행복을 위해 내 몸을 저당까지 잡힌 일이 있습니다. 그런데 부인의 남편인 저 사람의 반지를 가져간 박사의 힘이 없었더라면, 내 몸은 파멸하고 말았을 것입니다. 그러니 한 번 더, 이번은 내 영혼을 담보로 맹세하겠습니다만, 배사니오는 다시는 맹세를 깨뜨리지 않을 것입니다.

포 셔 그러시다면 당신이 보증을 서세요. (자기 손가락에서 반지를 빼서) 이걸 저분께 드리세요. 그리고 요전 것보다 좀 더 잘 간수하라고 일러 주세요.

안토니오 자, 배사니오. 이 반지를 잘 간수하겠다고 맹세하게.

배사니오 아니, 이건 내가 박사에게 드린 바로 그 반지군 그래!

포 셔 박사한테서 얻었어요. 미안해요. 이 반지에 두고 말하지만, 전 그 박사와 하룻밤을 지새웠어요.

네리서 (자기 반지를 보이면서) 저도 미안해요. 그래요, 그라시아노, 저도 간밤을 박사의 서기라는 그 꼬마아이와 함께 했어요. 이 반지를 얻은 답례로 말이에요.

그라시아노 아니 이건 한여름 신작로를 보수하는 셈이 아닌가, 상한 데도 없는 신작로를 말이야. 그래 영문도 모르고 서방질을 당하다니.

포 셔 그렇게 상스러운 말은 하지 말아요. 다들 놀라셨을 거예요. 자이 편지, 틈나시거든 읽어 보세요. 파도바의 벨라리오 님한테서 온 편지예요. 편지를 보시면 아시겠지만, 제가 박사고 저기 네리서가 서기였어요. 로렌조도 증인이지만, 전 곧 뒤따라 이곳을 떠났다가 이제 막 돌아오는 길이에요. 아직 안에도 안 들어가 봤어요. 안토니오 님도 잘 오셨어요. 당신은 상상도 못 하실 만큼 좋은 소식을 제가 가지고 있어요. 자, 이 편지를 뜯어보세요. 뜻밖에도 당신의 상선이 세 척이나 상품을 만재해 가지고 입항한다잖아요. 이 편지가 어떻게 우연히 제 손에 들어왔는지는 묻지 말아 주세요.

안토니오　말문이 막혀 버리는군요!

배사니오　아니 그래, 당신이 박사였는데, 내가 몰라봤소?

그라시아노　그래, 내 아내를 안았다는 서기가 다른 사람이 아닌 바로 당신이었소?

네리서　그래요. 하지만 그 서기가 그런 짓은 절대로 하지 않을 테니 안심하세요. 성장해서 아주 사내가 되어 버린다면 모르지만.

배사니오　아름다운 박사, 이제는 나하고 밤을 보냅시다. 그러나 내가 없을 때는 우리 아내와 같이 있어도 좋소.

안토니오　부인, 부인 덕택에 나는 생명과 재산을 되찾았습니다. 이 편지를 보니 확실히 내 배들은 무사히 입항한 것 같습니다.

포　셔　그런데 이봐요, 로렌조? 저 서기가 당신께도 좋은 소식을 가지고 왔어요.

네리서　그래요. 그리고 이번에는 사례 없이 거저 드리겠어요. 자, 이것 받으세요. 당신과 제시카에게 부자 유대인이 유산 전부를 사후에 양도한다는 특별 양도 증서예요.

로렌조　두 분 아씨님, 이건 주린 사람 앞에다 감을 내려 주시는 셈이옵니다.

포　셔　벌써 새벽녘이 되었나 봐요. 하지만 여러분께서 이번 일의 경유를 좀 더 자세히 듣고 싶으실 거예요. 이제 안으로 들어가시죠. 그리고는 궁금한 일들을 물어보세요. 뭐든지 정직하게 답변해 드릴 테니까요.

그라시아노　그렇게 합시다. 그러면 내가 우선 나의 아내 네리서에게 맹세를 시키고 물어보고 싶은데. 어차피 내일 아침까지 기다릴까? 아니면 아직도 두 시간은 있어야 날이 밝을 테니까 그냥 곧 자러 갈까? 하지만 지금 그냥 자러 간다면 날이 새더라도 나는 계속 캄캄한 밤이기를 원할 거요. 박사의 서기와 영원히 함께 있고 싶을 테니까요. 그건 그렇고 앞으로 일생 동안 다른 염려는 없겠지만, 네리서의 반지를 잘 간수할 수 있을는지, 이것만이 걱정스럽구려.

모두 퇴장.

맥베스

1막

1

1막 1장

황야.

천둥, 번개, 마녀 셋 등장.

마녀 1 언제 우리 셋이 다시 만나게 될까? 천둥이 울리고 번개가 칠 때, 아니면 비가 올 때?

마녀 2 난리가 끝나고 싸움의 승패가 가려질 때.

마녀 3 그건 아마 해가 지기 전이 될 거야.

마녀 1 장소는 어딘데?

마녀 2 그 들판.

마녀 3 거기서 맥베스를 만나게 될 거야.

마녀 1 금방 간다니까, 회색 고양이야!

마녀 2 두꺼비가 부르는군.

마녀 3 곧 갈게!

모 두 고운 건 더럽고, 더러운 건 곱다. 안개와 탁한 공기 속을 날아 다니자.

2

1막 2장

포레스에 가까운 진영.

경종. 한쪽에서 던컨 왕, 맬컴, 도날베인, 레녹스, 시종들 등장. 다른 쪽에서 부상당해 피를 흘리고 있는 부대장 등장.

던 컨 피를 흘리고 있는 저 사람은 누군가? 참상을 보아하니 반란군의 움직임에 대해 말해 줄 수 있겠구나.

맬 컴 제가 포로로 붙잡히려던 순간, 이 장교가 저를 위기에서 구해 주었습니다. 잘 왔네, 용사여! 어서 전황을 폐하께 아뢰도록 하게.

부대장 정말 판단하기 힘든 상황이었습니다. 마치 물에서 헤엄치던 두 사람이 달라붙어 있다가 기운이 다 소진하고 말듯이……. 무자비한 맥도널드―인간의 온갖 악행을 한몸에 지닌 역적 같으니라고―가 서쪽의 여러 섬에서 민병과 정규군들의 지원을 받은 데다 운명의 여신마저 흉책에 미소를 던지며, 역적의 정부가 된 듯싶었습니다. 그러나 어림없는 일, 용감한 맥베스 장군이 그 명성에 걸맞게 가혹한 운명을 무시하고 피비린내 나는 살상으로 김이 서린 검을 휘둘러 무신(武神)의 총아답게 적병들을 물리치고 쳐들어가서, 마침내 적장과 맞섰습니다. 하지만 작별의 악수도, 인사말도 할 여유조차 주지 않고, 배꼽에서 턱까지 적장을 단칼에 잘라 그 목을 성벽 위에다 걸어 놓았답니다.

던 컨 아, 용감한 사촌이여! 실로 훌륭한 인물이구나!

부대장 그러나 태양이 비추기 시작하는 곳에서, 난파의 폭풍과 불길한 천둥이 터지듯이 안도의 샘물이 솟는 듯한 곳에서 불안이 터졌습니다. 폐하! 그건 다름이 아니라, 용기로 무장한 정의의 사자가 패주하는 적병들을 추격하고 있을 때, 기회를 염탐하고 있던 노르웨이 왕이 때마침 신무기와 새로운 병력을 투입하여 급습해 왔습니다.

던 컨 혹시 맥베스와 뱅코 두 장군이 겁먹지는 않던가?

부대장 예, 그건 독수리가 참새에게, 사자가 토끼에게 겁내는 격이었습니다. 두 분은 마치 탄약을 가득 잰 대포처럼 적에게 무서운 공격을 퍼부었습니다. 상처에서 뿜어 나온 피로 목욕을 할 참이었는지, 제2의 '골고다(해골 언덕)'를 남길 참이었는지 알 수 없을 지경이었습니다. 아이구, 정신이 아찔해지고 상처가 아파서 더 이상 견딜 수가 없습니다.

던 컨 네 보고는 네 상처에 못지않게 훌륭하고 장하도다. 어서 의사를 불러라. (부대장, 부축을 받으며 퇴장)

로스와 앵거스 등장.

그런데 저 사람은 누구냐?

맬 컴 로스의 영주입니다.

레녹스 당황한 기색이 완연하군! 무슨 심상치 않은 일을 사뢸 것 같습니다.

로 스 국왕 만세!

던 컨 으음…… 로스 영주, 어디서 오는 길이오?

로 스 파이프에서 오는 길입니다, 폐하. 그곳은 노르웨이군의 깃발이 하늘을 위압하여, 백성들의 간담을 서늘하게 하고 있습니다. 노르웨이 왕은 저 반역자 코도 영주의 원조를 받아 직접 대군을 거느리고 공격을 개시해 왔습니다. 그러나 전쟁의 여신, 벨로너의 부군이라 불리는 맥베스 장군이 갑옷으로 무장을 하고 용감히 맞서 칼에는 칼로, 완력에는 완력으로 그의 오만불손을 봉쇄함으로써 마침내 아군이 승리하였습니다.

던 컨 참으로 다행한 일이오.

로 스 그런데 지금 노르웨이 왕 스웨노가 강화를 애걸하고 있으나, 우린 그가 성(聖) 콜름 섬에서 노르웨이 왕으로부터 1만 달러의 배상금을 받기 전에는 전사자의 매장조차 허락하지 않을 것입니다.

던 컨 이제는 코도 영주가 짐을 더 이상 배신하진 못할 것이오. 가서 그를 즉시 사형에 처하고 그의 작위를 맥베스에게 내리시오.

로 스 분부대로 시행하겠나이다.

던 컨 그자가 잃은 것을 맥베스가 얻게 되었군. (모두 퇴장)

3

1막 3장

황폐한 광야.
천둥, 마녀 셋 등장.

마녀 1 애, 어딜 그렇게 쏘다니는 거냐?

마녀 2 돼지를 잡으러.

마녀 3 언니는?

마녀 1 선원의 아내가 앞치마 자락에 알밤을 싸가지고 아삭아삭 먹고 있기에 '나 좀 줘.'라고 했더니, '물러가라, 이 마녀야!' 하고 그 뚱뚱한 년이 외치잖아. 그 여자의 남편은 타이거 호의 선장인데 알레포로 떠났어. 하지만 난 쳇바퀴를 타고 그가 있는 곳에 간 다음 꼬리 없는 쥐로 둔갑해서 그를 실컷 골려줄 테야.

마녀 2 내가 바람을 불어 줄게.

마녀 1 고마워.

마녀 3 나도 한 번 불어 줄게.

마녀 1 그 나머지 바람은 다 내 거야. 바람이 부는 바로 그 항구들도, 선원의 지도 위에 나타나는 바람 가는 구역들도 다 내 거야. 그 여자 남편을 바짝 마른 풀처럼 말려 놓고 말 테야. 그 녀석은 결코 잠들지 못할 거야. 저주받은 사람처럼 구구는 팔십일 주, 일곱 밤낮을 지독히 허덕이다 수척해지고, 시들게 만들 테야. 배를 난파시킬 순 없지만, 폭풍에 시달리게 하고 말 거야. 이봐, 이것 좀 봐.

마녀 2 어디 봐, 어디 봐.

마녀 1 이것은 키잡이의 엄지손가락이야. 고향으로 오다가 난파당했지. (안에서 북소리)

마녀 3 북소리다, 북소리다. 맥베스가 왔다.

셋이 손을 맞잡고 춤을 추며 점점 빨리 맴돈다.

모 두 단숨에 바다와 육지를 건너는 운명의 세 자매, 손을 맞잡고 돌자, 돌자, 빙빙. 너도 나도 세 번, 아홉 번 돌자, 쉬! 마술을 걸었다.
(모두 별안간 춤을 멈추고 안개 속에 몸을 감춘다)

맥베스와 뱅코 등장.

맥베스 이렇게 나쁘고도 좋은 날은 처음 봤는걸.

뱅 코 포레스까지는 멀었소? (안개가 짙어진다) 아, 이게 뭐지? 말라빠지고 괴상한 옷차림을 한 걸 보니 지상의 생물 같지가 않은데, 우리 눈앞에 버젓이 서 있군. 그래, 너희들은 진짜 살아있는 거냐?

인간과 말을 나눌 수 있느냐? 말라빠진 입술에 갈라터진 손가락을 즉시 내미는 걸 보니 내 말을 알아듣는 것 같구나. 여자가 분명해 보이는데 수염이 나 있으니, 참 알 수가 없군.

맥베스 말을 해라. 대관절 너희들은 누구냐?

마녀 1 맥베스 만세! 글래미스 영주 만세!

마녀 2 맥베스 만세! 만세, 코도 영주 만세!

마녀 3 맥베스 만세! 장차 왕이 되실 분 만세!

뱅 코 장군, 왜 놀라시오? 솔깃한 말인데 두려워하시는 것 같소이다. 그런데 대체 너희들은 허깨비냐, 아니면 정말 보이는 그대로냐? 너희가 내 동료를 현재의 작위와 미래의 고귀한 지위와 왕위의 예언으로 환영하니, 저 사람이 저렇게 어리둥절하고 있지 않느냐. 그래, 내게는 아무 말도 안 해 줄 거냐? 너희들이 시간의 씨앗을 꿰뚫어 보고, 자랄 씨앗을 예언할 수 있거들랑 말해 보거라. 너희들의 호의를 청하거나 증오를 두려워할 나는 아니다.

마녀 1 만세!

마녀 2 만세!

마녀 3 만세!

마녀 1 맥베스만큼은 못 해도, 훨씬 더 위대하신 분.

마녀 2 운은 맥베스만 못 해도, 훨씬 더 행운이 있으신 분.

마녀 3 왕이 되지는 못 해도 자손 대대로 왕을 낳으실 분. 그러니 맥베스와 뱅코 만세!

마녀 1 뱅코와 맥베스 만세! (안개가 더 짙어진다)

맥베스 멈춰라, 말이 모호하구나. 좀 더 분명히 말해 보라. 선친 사이늘의 사망으로 내가 글래미스 영주가 된 것은 알고 있다만, 코도의 영주라니 그건 대체 무슨 말이냐? 코도의 영주는 현재 당당히 생존해 계시잖느냐. 게다가 왕이 되다니, 코도 영주가 된다는 말보다 더 믿지 못할 일. 대관절 어디서 그런 괴상한 소식을 얻어 왔느냐? 도대체 이 황야의 길목을 가로막고 이상한 예언을 하는 이유가 무엇이냐? 자, 말해 보라. (마녀들 안개 속으로 사라진다)

뱅 코 물처럼 땅에도 거품이 있군. 이것이 방금 전 그들이오. 원, 어디로 사라졌지?

맥베스 형체가 있는 듯 보이더니 입김처럼 공중으로, 바람 따라 사라지고 말았소. 좀 더 잡아두고 싶었는데!

뱅 코 실제 그것들이 눈앞에 나타났던 걸까요? 혹시 우리가 독초를 먹고 이성을 잃은 건 아닐까요?

맥베스 장군의 자손이 왕이 된다잖소.

뱅 코 장군은 자신이 왕이 되신다니 좋겠소.

맥베스 게다가 코도 영주까지. 안 그렇소?

뱅 코 확실히 그렇게 말했소. 그런데 저게 누굴까?

로스와 앵거스 등장.

로 스 맥베스 장군, 국왕께서는 장군의 승전보에 흐뭇해하고 계시오. 더욱이 반란군과의 분투를 아시고는 경탄과 찬양 중 어느 쪽을 먼저 표하실지 난감해하셨죠. 그러나 묵묵히 다음 전황을 들으시고 장군이 막강한 노르웨이군 진중에 쳐들어가시어 닥치는 대로 시체의 산을 쌓으면서도 조금도 두려워하는 기색이 없었다는 사실을 아셨소. 그리고 잇따라 전령들이 달려왔는데 그들 누구나 할 것 없이 장군이 보여 준 호국의 대공적을 폐하 앞에 쏟아 놨소.

앵거스 폐하께서는 우리 두 사람을 보내어 우선 치사를 전한 다음 어전으로 장군을 모시라고 하셨소. 보상은 별도로 분부가 계실 것이오.

로 스 앞으로 더 큰 영예를 내리실 약속조로 장군을 코도 영주라고 부르라는 분부요. 축하드립니다, 코도 영주님.

뱅 코 이런, 악마의 말이 맞았군!

맥베스 코도 영주는 생존해 있잖소. 왜 내게 남의 옷을 빌려다 입히려 하시오?

앵거스 옛 코도 영주가 아직 살아있기는 하지만, 폐하의 엄벌로 겨우 목숨만 부지하고 있는 상태요. 노르웨이 반군과 결탁을 했는지, 반 군에게 비밀 원조와 편의를 제공했는지, 또는 그 두 가지를 모두 사용하여 국가의 전복을 꾀하였는지 그것은 알 수 없으나, 아무튼 반역죄는 명백히 규명되어 몰락당했소.

맥베스 (방백) 글래미스와 코도의 영주라. 이젠 제일 큰 것이 남아 있 구나. (로스와 앵거스에게) 아, 수고들 하였소. (뱅코에게) 장군은 자손 이 왕이 되기를 원하지 않소? 내게 코도 영주라는 작위를 갖다 준 그들이 장군께 그만한 약속을 한 걸로 아는데!

뱅 코 그 말을 다 믿다간 코도 영주 외에도 왕관까지 욕심이 나실 거 요. 아무튼 이상한 일이긴 하네요. 그러나 흔히 암흑의 수하들은 사람을 해치고자 하찮은 진실을 가지고 유혹하여, 참으로 중대한 결과에선 우리를 배반하지요. 두 분, 잠깐 이리 좀 오시오. (로스와 앵거스, 뱅코 쪽으로 다가선다)

맥베스 (방백) 두 가지는 맞았다. 왕권을 주제로 한 웅대한 연극의 상서로운 서막이라고나 할까. (큰 소리로) 두 분 모두 수고하셨소. (방백) 이 이상한 유혹은 흉조도 길조도 아니렷다. 글쎄, 흉조라면 먼저 진실을 보여 미래의 성공을 보증할 리가 없겠지. 실제로 나는 코도 영주가 되었잖은가. 그러나 길조라면 왜 내가 그런 유혹에 빠져들어 무서운 환상에 머리카락을 곤두세우고, 안정된 내 심장은 정상을 벗어나 늑골을 쿵쿵 치는 걸까? 마음속 공포에 비하면 눈앞의 불안쯤은 문제도 아니다. 살인은 아직도 환상에 지나지 않건만 그 생각이 내 온몸을 거세게 뒤흔들어 심신의 기능이 마비되니 환상밖에는 아무것도 눈앞에 보이지 않는구나.

뱅 코 저것 보시오. 내 동료가 넋을 잃고 있군요.

맥베스 운에 따라 왕이 된다면, 가만있어도 운이 내게 왕관을 갖다 줄 것 아닌가.

뱅 코 새 영예가 찾아왔지만 갓 입은 의복처럼 몸에 잘 맞지 않는가 보군. 한참 입고 익숙해져야겠지.

맥베스 (방백) 제기랄, 될 대로 되라지. 아무리 험한 날도 시간은 지나가기 마련이니까.

뱅 코 맥베스 장군, 이젠 가보실까요?

맥베스 아, 용서하시오. 잠시 잊고 지냈던 일을 생각하고 있었소. 아, 두 분의 수고는 마음속에 새겨 두고, 매일같이 펴 보리다. 자, 국왕을 뵈러 갑시다. (뱅코에게) 오늘 일은 잊지 마시오. 숙고해 두었다가 후일 서로 흉금을 털어놓고 얘기해 봅시다.

뱅 코 잘 알았소.

맥베스 오늘은 이만…… 자, 갑시다. (모두 퇴장)

4

1막 4장

포레스, 궁전의 한 방.

나팔 소리, 던컨 왕, 맬컴, 도날베인, 레녹스, 시종들 등장.

던 컨 코도 영주의 사형은 집행했는가? 집행리는 아직 안 돌아왔는가?

맬 컴 예, 아직 돌아오지 않았습니다. 그러나 사형을 목격한 사람의 말에 의하면, 코도 영주는 대역의 죄상을 솔직히 고백하고, 폐하의 용서를 빌면서 깊은 참회의 뜻을 나타냈다고 합니다. 더구나 그 최후의 태도는 전 생애를 통하여 가장 훌륭한 것이었다고 합니다. 마치 죽는 방법을 연구라도 해 둔 양 소중한 생명을 초개처럼 버리고, 태연히 세상을 하직했답니다.

던 컨 얼굴로 사람의 마음속을 알아볼 수는 없나 보구나. 그는 내가 절대적으로 신임했던 자였다.

맥베스, 뱅코, 로스, 앵거스 등장.

던 컨　오, 맥베스인가! 지금도 짐은 배은망덕의 중죄에 대해 생각하고 있던 중이오. 장군이 워낙 앞질러 있어서, 아무리 날개가 빠른 보상을 가지고도 따라갈 수가 없구려. 차라리 공적이 좀 더 적었더라면 과인이 감사와 보상의 비례를 맞출 수 있었을 텐데! 결국 장군의 공적이 너무나 커서 무엇을 가지고도 보답할 수가 없게 되었소.

맥베스　소신의 봉사와 충성은 마땅한 의무로서, 이를 다하는 것이 곧 본분인가 합니다. 폐하께서는 신들의 의무를 그저 받아 주시면 됩니다. 신들은 국왕의 신하, 국가의 충복입니다. 오직 폐하의 은총을 명심하고 명예를 지키기 위하여 그에 합당한 충성을 다할 따름입니다.

던 컨　잘 왔소. 이번에 새 지위를 그대에게 내리고 충분히 성장할 수 있도록 짐도 진력하겠소. (뱅코에게) 아, 뱅코. 그대의 공도 그에 못지않소. 세상은 이를 마땅히 인정해야 하오. 자, 이 가슴에 그대를 한번 안아 볼 수 있게 해 주오.

뱅 코　폐하의 품 안에서 소신이 성장하면 수확은 당연히 폐하의 것입니다.

던 컨　기쁨은 한없이 넘쳐흘러 도리어 슬픔의 눈물 속에 숨으려 하는구려. 그런데 왕자, 친척, 영주, 기타 귀족 여러분, 지금 선포하노니, 맏아들 맬컴을 황태자로 책봉하여 앞으로는 컴벌랜드 공이라 부르겠소. 물론 이 영광은 황태자 한 사람이 지닐 것이 아니라, 이를 기회로 영예의 표장(標章)이 모든 공신들 위에 성신같이 빛을 내게 하리다……. (맥베스에게) 그럼 이제부터 장군의 거성(居城)인 버네스로 행차하여 또 수고를 끼쳐야겠소.

맥베스 폐하를 위한 휴식이 아니면 그것은 도리어 고통입니다. 소신이 직접 폐하의 행차를 알려 제 아내를 기쁘게 해 주겠습니다. 그럼 이만 물러가겠습니다.

던 컨 훌륭하오. 코도 영주.

맥베스 (방백) 컴벌랜드 공이라! 이 한 계단이 내가 헛디뎌서 엉덩방아를 찧느냐, 아니면 뛰어넘느냐, 어쨌든 내 앞길을 가로막고 있다. 별들아, 숨어 버려라. 빛이여, 검고 깊은 내 욕망을 보지 마라. 눈은 손을 못 본 척하지만 끝났을 때 눈이 보기 두려워할 그 일은 일어나라. (퇴장)

던 컨 사실 그렇소, 뱅코. 참 용감한 위인이오. 그 사람을 칭찬하는 소리를 들으면 짐은 향연이라도 받는 것같이 만족을 느끼오. 자, 뒤를 따릅시다. 저렇게 염려하여, 앞에 가서 환대할 준비를 하겠다는구려. 참으로 내 친척 중에 둘도 없이 훌륭한 사람이오. (나팔 소리, 모두 퇴장)

5

1막 5장

버네스, 맥베스의 성 앞.
맥베스 부인, 편지를 들고 등장.

맥베스 부인 (편지를 읽는다) '그들을 만난 것은 내가 개선하던 날이었소. 후에 알았지만, 완전히 신뢰할 만한 정보에 의하면 그들은 인간 이상으로 지식을 지닌 불가사의한 자들이오. 좀 더 자세히 묻고 싶은 마음에 불탔는데, 그것들은 홀연히 공중으로 사라져버렸소. 그래서 나는 놀라움에 넋을 잃고 멍청히 서 있었는데, 그때 마침 국왕의 사자가 와서, 나를 '코도 영주'라 부르며 축하해 주었소. 그보다 앞서 그 운명의 마녀들이 이 칭호로 내게 인사를 한 후, '머지않아 왕이 되실 분, 만세!' 하고 예언을 했소. 내가 이 사실을 출세의 동반자이며 가장 친애하는 당신께 알리는 것이 좋겠다고 내가 생각한 까닭은, 미래에 약속된 영광을 당신이 전혀 모르고, 따라서 마땅히 누려야 할 기쁨을 잃게 해서는 안 된다고 생각했기 때문이오. 이 일을 명심해 두기 바라오. 이만 줄이겠소.'

당신은 글래미스 영주와 코도 영주가 되었어요. 그러니 예언된 지위도 차지하게 되겠지요. 하지만 난 당신의 성품이 걱정돼요. 당신은 원래 인정이 많아 쉬운 길을 취하지 못하는 사람이죠. 당신은 출세를 원하고, 야심이 없는 것도 아니지만, 출세에 필요한 잔인성이 없어요. 높은 지위는 탐이 나도 신성하게 얻고 싶어하고, 나쁜 짓을 하기는 싫으나 어떻게 해서라도 이기고 싶어하는 위인이죠. 글래미스 영주님, 당신이 소원하는 것, 그것이 이렇게 외칩니다. '소원하거든 단행하라.'고. 그런데 당신은 그렇게 하고 싶지 않다기보다는, 단행하기가 두려운 거예요. 어서 돌아오세요. 당신의 귀에 제 혼을 불어넣어 드릴게요. 그리고 이 혀로, 운명과 마력이 협력하여 당신의 머리에 왕관을 씌워 줄 것 같은 이때에 당신을 방해하는 모든 것을 혼내주겠어요.

　하인 등장.

맥베스 부인　그래 무슨 소식이냐?

하 인　국왕께서 오늘밤 이곳으로 행차하십니다.

맥베스 부인　미친 소리! 영주님이 폐하와 함께 계시단 말이냐? 그렇다면 준비를 하라고 미리 기별이라도 있었을 텐데.

하 인　죄송하오나 사실입니다. 영주님께서도 지금 돌아오시는 중이랍니다. 제 동료가 영주님을 앞질러 방금 도착했는데, 숨을 몰아쉬며 간신히 그 전갈만 알렸습니다.

맥베스 부인 그를 잘 보살펴 주어라. 굉장한 소식을 전해 왔구나. (하인 퇴장) 까마귀도 이 성에 들어오는 던컨 왕의 운명을 알리러 쉰 목소리로 울어대는구나. 자, 너희 악령들아, 여자의 여린 마음을 없애다오. 그리고 머리에서 발끝까지 무서운 잔인성으로 가득 채워다오! 전신의 피를 혼탁하게 하여 회한의 길을 틀어막고, 연민의 정이 잔악한 계획을 동요시키지 않게 해 다오. 그리고 내가 실행과 계획 사이에서 타협하지 않게 해 다오. 자, 살인의 악마들아, 이 품 안에 들어와서 내 가슴의 젖을 빨아라. 너희들은 도처에서 보이지 않는 형체로 인간의 재앙을 돕지 않느냐! 암흑의 밤아, 어서 와서 네 몸을 지옥의 시커먼 연기로 싸 다오. 나의 예리한 칼이 낸 상처를, 내 칼이 봐선 안 되니까. 그리고 하늘이 암흑의 장막 사이를 들여다보면서 '안 돼, 안 돼!' 하고 소리치면 안 되니까.

  맥베스 등장.

맥베스 부인 글래미스 영주님! 코도 영주님! 장래에는 이보다 더 훌륭히 되실 분! 당신의 편지가 미지로 이 몸을 데려가, 난 지금 이 순간 미래를 느껴요.
맥베스 여보, 던컨 왕이 오늘밤 이곳으로 행차할 거요.
맥베스 부인 그리고 언제 이곳을 떠나십니까?
맥베스 내일이오, 예정은 그렇소.
맥베스 부인 오, 태양은 영원히 그 내일을 보지 못할 것입니다! 영주님, 당신의 얼굴은 마치 책과 같아 당신 마음이 모두 드러나 보여요. 세상을 속이려면 세상과 같은 얼굴을 하고, 눈과 손과 혀에 환

영의 표정을 지으세요. 겉으론 무심한 꽃처럼 꾸미고, 실제로는 그
밑에 독사를 숨기는 거예요. 손님 맞을 준비를 해야죠. 오늘밤 큰
일은 제게 맡기세요. 이 일이 성공하면 앞으로 왕권과 지배력은 평
생 우리의 것입니다.

맥베스   나중에 더 의논합시다.

맥베스 부인   밝은 표정을 지으세요. 어두운 표정은 무엇인가 두려워
한다는 증거입니다. 만사는 제게 맡기세요. (퇴장)

6

1막6장

같은 장소.
오보에 소리와 함께 던컨 왕, 맬컴, 도날베인, 뱅코, 레녹스, 맥더프, 로스, 앵거스, 시종 등장.

던 컨 이 성은 좋은 곳에 자리잡고 있군. 공기가 맑고 상쾌하여 기분이 참 좋소.

뱅 코 사원에다 집을 짓는 저 여름 손님, 제비가 저렇게 집을 지은 걸 보니, 이 부근 바람이 향기로운 모양입니다. 추녀 끝, 서까래 옆, 버팀벽, 그 밖에 전망이 좋은 곳 구석구석 어디에나 제 둥지를 만들어 놓았네요. 저것들이 모여들어 새끼를 치는 장소치고, 공기가 좋지 않은 곳은 없습니다.

맥베스 부인 등장.

던 컨 저기, 이 댁 안주인이로군. 과인을 뒤좇는 호의가 때론 귀찮지
만 역시 호의니까 기쁘게 받아들여야겠지요. 부인께 수고를 끼친
점에 대해 신께 축복을 비는 바이오.

맥베스 부인 왕실에 대한 저희들의 봉사를 두 배로 하옵더라도, 폐하
께서 저희 집에 내리신 넓고 깊은 영예에 비하면 오직 빈약하고 하
찮을 뿐입니다. 종전의 작위에다 이번에 또 새 작위를 하사하셨으
니, 저희는 이 은혜를 언제 어떻게 갚아야 할런지요.

던 컨 코도 영주는 어디 갔소? 먼저 도착하여 그를 맞이할 생각이었
으나, 워낙 승마에 능하고 그의 충성심이 박차처럼 날카로운지라,
결국 영주가 먼저 도착하고 말았구려. 아름답고 기품 있는 부인,
오늘밤 과인은 이 댁의 손님이오.

맥베스 부인 폐하의 종으로서 저희들은 하인과 저희 자신, 그리고 전
재산 모두 폐하의 분부가 계시면 언제라도 청산하여 바칠 생각입
니다.

던 컨 자, 손을 이리. 이 성 주인께 과인을 안내하오. 짐은 그 사람을
지극히 사랑하오. 앞으로도 계속 호의를 보내겠소. 그럼 부인, 실
례하오. (왕은 맥베스 부인의 손을 잡고 성 안으로 들어간다)

7

1막7장

맥베스 성의 안뜰.

노천. 안쪽 좌우 입구, 왼쪽은 성문으로 통하고, 오른쪽은 성 안 방으로 통한다. 이 양쪽 입구 사이, 정면 안쪽에는 커튼이 쳐진 제 3의 입구가 있고, 반쯤 열린 커튼 사이로 이 방의 내부가 보이는데, 거기에는 2층으로 통하는 계단이 있으며 계단 전면 벽 앞에는 의자와 탁자가 놓여 있다. 오보에 소리와 햇불. 시종장이 접시와 식기 등을 든 하인들을 지휘하여 무대를 가로질러 간다. 이들이 오른쪽 입구를 드나들 때마다, 안에서 축연 소리가 떠들썩하게 새어나온다. 이윽고 입구에서 맥베스가 등장한다.

맥베스 일을 끝낼 수만 있다면 당장 단행하는 것이 좋지 않을까. 만약에 암살로 후발 사태를 막고, 왕의 절명으로 일이 결말난다면, 그리고 또 이 일격으로 모든 것이 해결만 된다면……. 여기, 바로 여기, 시간이 여울지는 강변에서 모든 것을 끝낼 수만 있다면 내세쯤은 무시해버릴 수 있을 텐데. 그러나 이런 일은 반드시 현세에서 심판을 받게 마련이거든. 즉 유혈을 가르치면 배운 자가 되돌아와 교사(敎唆)한 자를 괴롭히고, 공평한 정의의 법관은 우리가 탄 독배를 스스로가 마셔보라 종용한다. 왕은 이중의 신뢰로 이곳에 머물고 있다. 첫째, 나는 그의 친척이자 신하로서 어느 모로 보나 도저히 시역(弑逆)은 안 될 말. 또 나는 주인으로서, 문을 닫아걸고 시역자를 막아야 옳지, 나 자신이 칼을 들 수는 없다. 더구나 던컨 왕은 그 권좌가 극히 온화하고 대임 수행에 전혀 오점이 없으니, 지금 시역을 하면 평소의 덕망이 천사가 부는 나팔같이 대죄를 규탄할 것 아닌가. 그리하여 연민의 정은 광풍에 올라탄 벌거숭이 갓난애나, 천사같이 형체 없는 기류의 말 등에 올라앉아 이 끔찍한 행위를 만인의 눈에 띄게 하여 눈물은 바람을 잠재우리. 내 의도의 옆구리를 찌르는 박차는 오직 하나, 치솟는 야심인데, 도가 지나치면 저편으로 나가떨어지고 말리라.

맥베스 부인 등장.

맥베스 부인 식사가 곧 끝납니다. 왜 자리를 뜨셨어요?

맥베스 왕이 나를 부르셨소?

맥베스 부인 몰라서 묻는 거예요?

맥베스 이 일은 더 추진하지 맙시다. 이번에 왕은 내게 영예를 내렸고, 나는 모든 사람들로부터 금빛 찬사를 받고 있는데 새롭게 광채가 나는 지금 그걸 몸에 지녀 보고 싶구려. 일부러 팽개쳐버릴 필요는 없잖소?

맥베스 부인 그럼, 지금까지 지니고 있던 그 희망은 술에 취해 잠을 자고 있었나요? 그리고 이제야 잠에서 깨어나 자진해서 했던 일을 파랗게 질린 얼굴로 보고 있나요? 여태까지는 대담한 눈으로 보셨으면서, 저도 이제부턴 당신의 애정이 그런 줄로 알겠어요. 당신은 마음속으로 바라면서도 용감하게 행동으로 나타내려니까 겁이 나는 거죠? 인생의 꽃이라 생각하던 것을 갖고 싶으면서도, 불쌍한 고양이처럼 '하고 싶어. 그러나 감히 어떻게……'라며 스스로 비겁자로 살 거예요?

맥베스 여보, 제발 그만 하시오. 인간다운 짓이라면 무엇이든 하겠소. 그러나 그 짓을 하는 놈은 인간이 아니오.

맥베스 부인 그렇다면 이 계획을 제게 알린 것은 어떤 짐승이었나요? 당신이 이 일을 감행코자 했을 때 당신은 훌륭한 대장부였어요. 그러니 그때 이상으로 용기를 내면 그보다 더한 대장부답게 되실 수 있어요. 그때는 시간과 장소가 안 맞았는데도 일을 감행하려고 결심하셨어요. 이제는 그 두 가지가 모두 구비되고 기회가 찾아왔는데, 당신은 그만 의욕이 꺾이고 말았군요. 저는 젖을 먹여 보았기 때문에 자기 젖을 빠는 아기가 얼마나 귀여운지 알고 있어요. 하지만 갓난아이가 엄마 얼굴을 보고 방글방글 웃고 있을지라도, 이가 없는 잇몸에서 젖꼭지를 잡아 빼어 그 머리통을 박살낼 수 있어요. 제가 만일 당신처럼 이 일을 두고 맹세를 했다면요.

맥베스 섣불리 하다가 실패라도 하는 날이면?

맥베스 부인 실패한다고요? 용기를 내세요. 그러면 실패하지 않을 거예요. 던컨이 잠들면, 아마 종일 힘든 여행 때문에 곤히 잠이 들 테니까, 침실 시종 두 명은 제가 포도주로 재울게요. 그러면 두뇌의 감시원 역할을 하는 기억력은 증기같이 몽롱해지고, 이성의 그릇은 증류기가 되고 말 거예요. 술에 취한 두 사람이 돼지처럼 죽은 듯이 누웠을 때 당신과 저, 둘이서 무슨 짓인들 못하겠어요? 상대는 무방비 상태의 던컨 왕 혼자뿐인데? 그리고 시역의 대죄는 만취한 그 두 사람에게 덮어씌울 수 있잖아요.

맥베스 사내애만 낳으시오! 그 대담한 기질로는 사내애밖에 만들지 못하겠구려. 그건 그렇고, 자고 있는 두 침실 시종에게 피를 묻혀 놓고 칼도 그들의 단검을 사용하면, 결국은 그 둘의 소행으로 생각하겠지.

맥베스 부인 저 역시 그렇게 생각하고 있어요. 더구나 우리 내외는 왕의 죽음을 보고 대성통곡할 테니까요.

맥베스 이제 결심했소. 전신에 힘을 모아 이 무서운 일을 단행하겠소. 자, 들어가서 좋은 얼굴로 가장합시다. 마음속의 허위는 가면으로 숨길 수밖에. (축하연의 자리로 다시 들어간다)

맥베스

2막

8

2막 1장

같은 장소.
한두 시간 뒤. 입구에서 뱅코 등장. 그의 아들 플리언스는 횃불을 들고 부친을 안내한다. 두 사람은 출입문을 닫지 않은 채, 무대 정면으로 나온다.

뱅　코　밤이 얼마나 깊었느냐?

플리언스　(하늘을 쳐다보며) 달은 졌는데, 시간을 알리는 종소리는 듣지 못했습니다.

뱅　코　달은 자정에 진다.

플리언스　자정은 지났으리라고 생각됩니다.

뱅　코　자, 이 대검을 받아라……. 하늘은 참으로 인색하군, 별빛마저 죄다 가리시다니. (단검이 달린 혁대를 풀어서 아들한테 준다) 이것도 좀. 졸음이 무거운 납처럼 엄습해 오는구나. 그러나 자고 싶지는 않다. 인자한 천사들아, 부디 망상을 억제해 다오. 잠이 들면 살그머니 찾아오는 망상들! (인기척에 깜짝 놀라며) 내 검을 이리 다오.

오른편 입구에서 맥베스와 횃불을 든 하인 등장.

뱅 코 게 누구냐?

맥베스 친구요.

뱅 코 아니, 아직 안 주무셨소? 폐하께서는 침실에 드셨습니다. 폐하께서는 크게 만족하시고, 댁의 하인들에게도 많은 선물을 하사하셨소. 그리고 이 다이아몬드는 극진히 환대해 준 댁의 부인께 내리신 선물이오. 아무튼 무한히 만족스런 하루를 보내신 것 같소.

맥베스 불시의 일이라서, 만사가 여의치 않고 부족한 것뿐이오. 여유만 있었더라면 충분히 환대할 수 있었을 텐데.

뱅 코 원, 다 좋았소. 나는 간밤 꿈에 운명의 세 마녀를 봤지요. 그것들이 한 말이 장군께는 일부 실현되었소.

맥베스 아, 그걸 깜빡 잊고 있었구려. 하지만 여유가 생기면 그 일에 관해서 같이 좀 상의하고 싶은데 형편은 어떠신지?

뱅 코 언제라도 좋습니다.

맥베스 시기가 왔을 때에 나를 지지해 주시면, 당신께도 보답이 돌아가리다.

뱅 코 섣불리 영예를 더하려다가 도리어 잃고 마는 것만 아니라면, 그리고 또 언제까지나 마음의 결백을 지키며 충성심을 저버리지 않는다면 언제라도 상의에 응하리다.

맥베스 그럼, 편히 쉬시오!

뱅 코 아, 감사하오. 그럼 장군도 편히 쉬시오! (뱅코와 플리언스, 각자 자기 방으로 퇴장)

맥베스 여봐라, 가서 마님께 여쭈어라. 술이 준비되거든 종을 울리시라고. 그리고 너는 가서 자거라. (하인 퇴장. 맥베스, 탁자 옆에 앉는다. 그러자 돌연 단검의 환상이 보인다) 아, 저건 단검이 아닌가, 칼자루가 내 손을 향하고 있구나. 자, 잡아보자. 잡히지 않는구나. 그래도 눈에는 보이는구나. 치명적인 환상이여, 널 보는 것처럼 느낄 수는 없는 거냐? 아니면 넌 마음의 검, 열에 들뜬 뇌가 만든 허상일 뿐이냐? 지금 이 손에 빼든 실물의 단검처럼 똑똑히 눈에 보이는구나. 그래 네가 길을 안내하겠단 말이지. 나는 너 같은 흉기를 쓰려 했다! (일어선다) 한밤중에 눈만 다른 감각의 놀림감이 된 것이냐, 아니면 눈만이 멀쩡한 것이냐. 아직도 보이네. 이젠 날과 자루에 피가 엉겨 있네. 방금 전까지만 해도 안 그랬는데. 아, 사라졌다. 잔인한 짓을 계획하니까 그런 것이 눈에 어른거리는 거지…… 이 시각, 세상의 절반은 죽은 듯 고요하게 잠들어 있고, 사악한 꿈들은 잠을 현혹시킨다. 그리고 마녀들은 파리한 헤카테 여신에게 제사를 드리는 중이고, 움츠렸던 자객은 파수꾼 늑대의 울부짖는 소리에 잠이 깨어, 저렇게 은밀한 걸음으로, 로마의 정숙한 여자를 능욕하러 간 타르퀸의 걸음으로 목적을 향해 간다. 마치 유령처럼. 요지부동한 대지야, 이 발이 어디로 향하든 행여 발소리는 듣지 말아다오. 행여나 돌들이 내가 있는 곳을 재잘거려 이 시각에 어울리는 눈앞의 공포를 앗아갈까 두렵구나. 아무리 입으로 위협해 보았자 왕은 죽지 않는다. 말이란 행위의 열기를 식히는 냉기일 뿐.

(신호를 알리는 종소리가 들린다) 자, 가야지, 가면 끝난다. 종소리가 나를 부르는구나. 듣지 마라, 던컨! 저 종소리는 그대를 천국 또는 지옥으로 들어가게 하는 조종(弔鐘)이니까. (열려 있는 뒤쪽 입구로 발소리를 죽여 살금살금 들어가서 한 발 한 발 계단을 올라간다)

9

2막 2장

같은 장소.
맥베스 부인, 술잔을 들고 오른쪽 입구에서 등장.

맥베스 부인 침실 시종 두 명을 취하게 한 이 술을 마신 뒤 나는 대담해졌다. 술로 인해 그자들은 불이 꺼졌고 나는 불이 붙었다. (멈칫한다) 쉿! 올빼미 우는 소리였구먼. 이 죽음의 야경꾼이 가혹한 작별을 고하는구나. 그이가 지금 거사를 단행하는 중이신가 보다. 문은 열려 있다. 만취한 시종들은 직책도 잊은 채 코만 드르렁 드르렁 골고 있군. 술에 약을 탔더니 생사의 갈림길에서 싸우고 있나 보구나.

맥베스 (안에서) 거기 누구냐?

맥베스 부인 아, 침실 시종들이 잠을 깬 것은 아닐까. 아직 거사를 행하기도 전인데. 하려다가 실패하면 우리는 파멸이다. 쉿! 단검은 두 자루 다 내놨으니, 설마 그이가 못 찾지는 않겠지. 자고 있는 왕의 얼굴이 내 아버지와 닮지만 않았더라도 내가 해치웠을 텐데.

부인이 계단으로 올라가려고 돌아서자. 맥베스가 2층 입구에서 나타난다. 그의 양팔은 피투성이고 왼손에는 두 자루의 단검이 쥐어 있다. 휘청거리며 내려온다.

맥베스 부인　여보!

맥베스　(중얼거리는 소리로) 해치웠소. 무슨 소리 못 들었소?

맥베스 부인　올빼미 우는 소리가 들렸어요. 그리고 귀뚜라미 소리도. 뭐라고 말 안 하셨어요?

맥베스　언제?

맥베스 부인　방금 전에.

맥베스　계단을 내려올 때?

맥베스 부인　네.

맥베스　쉿! (두 사람이 귀를 기울인다) 두 번째 방에 누가 자지?

맥베스 부인　도날베인.

맥베스　(오른손을 펴보며) 이 무슨 비참한 꼴이란 말인가!

맥베스 부인　어리석은 생각 마세요. 비참한 꼴이라뇨?

맥베스　한 놈은 자다가 웃었고, 한 놈은 '살인이야!' 하고 외쳤소. 그래서 두 놈 다 잠에서 깼지 뭐요. 나는 가만히 서서 엿듣고 있었지. 그러나 놈들은 기도를 하더니 다시 잠이 들어버렸소.

맥베스 부인　두 사람이 같이 자고 있었어요?

맥베스　한 놈은 '하느님, 축복해 주소서!' 또 한 놈은 '아멘!'이라고

했소, 사형 집행인같이 피 묻은 손을 한 나를 보고나 있는 듯이 그
것들이 공포 속에 '하느님, 축복해 주소서!' 하는 소리를 듣고도
나는 '아멘!' 소리조차 나오지 않았소.

맥베스 부인 너무 심각하게 생각진 마세요.

맥베스 하지만 왜 '아멘!' 소리가 나오지 않았을까? 나야말로 축복이
가장 절실한 사람인데, '아멘!' 소리가 목에 걸려 나오질 않았어.

맥베스 부인 그런 식으로 이 일을 생각하진 마세요. 그렇게 생각하시
면 미쳐 버리고 말 거예요.

맥베스 누가 이렇게 외치는 소리가 들리는 것 같구려. '이젠 편히 잠
들지 못할 것이다! 맥베스는 잠을 죽여 버렸다.' 하고. 아, 천진난
만한 잠, 고민이 엉킨 실타래를 풀어 주는 잠, 하루하루 삶의 멈춤
이고, 노고를 씻어 주는 잠, 다친 마음을 치료해 주는 진정제 잠, 대
자연의 주된 요리 잠, 이 삶의 향연에서 최고의 영양분은 잠.

맥베스 부인 아니, 그게 무슨 말씀이세요?

맥베스 누가 집안을 향하여 자꾸만 '영영 너는 잠들지 못할 것이다!'
하고 외치는구려. '글래미스는 잠을 죽였다. 그러니까 코도는 영
영 잠들지 못할 것이다. 맥베스는 영영 못 잔다!'고.

맥베스 부인 대체 누가 그렇게 외친다는 거죠? 보세요, 영주님! 그런
미친 생각은 뛰어난 당신의 능력을 왜곡하는 거예요. 자, 어서 물
을 떠다가 손에 묻은 그 더러운 핏자국을 씻어 버리세요. 그 단검
은 왜 가져오셨어요? 거기 그냥 놔두지 않고. 어서 도로 가지고 가
서 자고 있는 시종들 옷에 피를 묻혀 놓으세요.

맥베스 이젠 못 가겠소. 내가 한 일이 무서워졌어. 다시는 볼 수가 없
어요.

맥베스 부인 기가 그렇게 약해서야! 그 단검을 이리 줘요. 자는 사람이나 죽은 사람은 그림이나 마찬가지일 뿐, 아이들 눈에나 악마 그림이 무섭지요. 아직 피를 흘리고 있으면 시종들 얼굴에다 발라 줘야지, 그들에게 죄를 뒤집어씌워야 하니까. (부인, 계단을 올라간다. 이때 노크하는 소리가 들린다)

맥베스 저 노크 소리는 어디서 나는 걸까? 소리가 조금만 들려도 깜짝 놀라니 내가 왜 이럴까? 이 피 묻은 손을 보니 눈이 튀어나올 것 같구나! 넵튠(로마 신화 중의 해신—역주)이 다스리는 대양의 모든 물을 다 가지고도 이 손의 피를 씻을 수 없겠구나! 오히려 이 손은 망망대해를 핏빛으로 물들이고, 푸른 물을 다 붉게 만들고 말 것이다.

맥베스 부인, 정문을 닫으면서 돌아온다.

맥베스 부인 제 손도 당신과 같은 핏빛이 됐어요. 하지만 창피하게 당신 심장처럼 창백하진 않아요. (노크 소리) 남문에서 노크 소리가 나네요. 자, 이제 자러 가요. 물만 조금 있으면 죄다 말끔히 씻을 수 있어요. 전혀 문제없어요! 당신의 그 담력은 어디다 버리셨어요? (노크 소리) 아, 또 노크 소리가 들리네요. 어서 잠옷으로 갈아입으세요. 만일 불려나갈 경우, 아직 안 자고 있었다고 의심받으면 안 되니까. 그렇게 맥빠진 사람처럼 멍청히 서 계시지만 말고요.

맥베스 저지른 죄를 인식하기보다는 멍청히 자신을 잊고 있는 게 더 나아. (노크 소리) 저 노크 소리가 던컨을 깨운다면 얼마나 좋을까! 제발 그를 깨워다오!

10

2막 3장

같은 장소.

노크 소리가 점점 커진다. 술 취한 문지기가 안뜰에 나타난다.

문지기   원, 어지간히도 두드려대는군! 지옥의 문지기라 할지라도 벌써 문을 열어 주었을 거야. (노크 소리) 쿵 쿵 쿵! 악마들의 수장을 대신하여 묻겠는데, 게 누구냐? 곡식을 매점매석했다가 풍년이 들 것 같자 목매달아 죽은 농부인가 보군. 때마침 잘 왔다. 진땀깨나 뺄 테니 수건이나 잔뜩 준비하라구. (노크 소리) 쿵 쿵! 대관절 누구냐? 또 한 놈의 악마 이름으로 묻는다만, 옳지, 양쪽에서 반대 증언을 할 수 있었던 사기꾼께서 오셨나 보군. 하느님의 이름으로 사기를 치는 반역자 같으니. 하지만 천국에선 그 사기도 통하지 않을 것이다. 자 들어오시지, 사기꾼 양반. (노크 소리) 쿵 쿵 쿵! 대체 누구냐? 음! 프랑스풍 좁은 바지에서조차 옷감을 잘라먹는 영국의 재단사가 왔나 보군. 들어오슈, 재단사 나리. 여기선 지옥의 불로 당신 다리미를 데울 수 있을 거요. (노크 소리) 쿵 쿵 쿵! 그칠 줄 모르는구먼! 대관절 누구냔 말이야? 그런데 여긴 지옥치고는 너무 춥구나. 지옥의 문지기 노릇은 그만 하직해야겠어. 향락의 오솔길을 걸어 영겁의 지옥 불로 들어가는 놈이면, 직업을 막론하고 몇 놈쯤은 통과시켜 주려고 했지만. (노크 소리) 예, 예, 곧 갑니다! 제발 이 문지기를 잊지 말아줍쇼. (성문을 연다)

맥더프와 레녹스 등장.

맥더프 이렇게 늦잠을 자는 걸 보니 간밤에 잠자리에 늦게 들었나 보군.

문지기 예, 두 번째 홰가 칠 때까지 마셨습죠. 그런데 나리, 술이란 모름지기 세 가지를 크게 자극합죠.

맥더프 술이 특별히 세 가지를 자극하다니 그게 뭔가?

문지기 예, 코가 빨개지고, 졸음이 오고, 그리고 오줌이 마렵지요. 술은 성욕을 자극했다가 감퇴시켰다 하지요. 글쎄, 욕정은 일어나지만 힘이 있어야죠. 그러니까 과음은 색에 대해 말하면 사기꾼이랄까요. 글쎄, 욕정을 주었다가 금세 죽여 놓고, 자극시켰다가는 물러서게 하고, 용기를 주었다가는 실망케 하고, 벌떡 일어서게 했다간 쓰러뜨리고, 결국은 속임수로 꿈나라로 보내 사람을 떨어뜨립니다그려.

맥더프 술이란 놈이 지난밤에 자넬 자빠뜨렸나 보군.

문지기 예, 술이란 놈이 제 목을 눌렀습죠. 하지만 저도 넘어간 대신 보복을 해 줬습죠. 힘은 제가 더 세니까, 결국 놈을 말끔히 토해서 넘어뜨렸습죠. 이따금 그놈이 다리를 붙들어 넘어질 뻔하긴 했지만.

맥더프 주인 나리께선 일어나셨나?

이때 맥베스 잠옷을 입고 등장.

맥더프 노크 소리에 잠을 깨셨나 보군. 여기 나오시는구나.

레녹스 밤새 안녕하십니까?

맥베스 아, 두 분도 안녕히 주무셨소?

맥더프 폐하께서는 일어나셨습니까?

맥베스 아직 안 일어나신 듯하오.

맥더프 나더러 일찍 깨워 달라고 분부하셨는데, 하마터면 늦을 뻔했소.

맥베스 자, 안내해 드리리다. (두 사람 정면 입구를 향하여 걸어간다)

맥더프 영주께서는 기꺼이 이 수고로운 일을 해 주시지만, 그래도 역시 번거로운 일임에는 틀림없습니다.

맥베스 즐겨서 하는 수고는 고통을 덜어 줍니다. (계단으로 통하는 입구를 손가락으로 가리킨다) 여기가 침소로 들어가는 문입니다.

맥더프 무엄하나 들어가 보겠소, 분부받은 임무니까 말이오. (들어간다)

레녹스 폐하께서는 오늘 출발하십니까?

맥베스 예, 그러신다고 하셨소.

레녹스 간밤은 좀 어수선했소. 우리 숙소에서는 굴뚝이 바람에 쓰러졌습니다. 그리고 소문에 의하면, 곡소리가 공중에서 들려오고, 이상한 죽음의 비명소리가 났다나 봐요. 그리고 불행하게도 가공할 혼란과 변고가 세상에 일어날 징조를 예언하는 소리가 들렸대요.

또한 불길한 징조의 올빼미가 밤새도록 울었답니다. 그리고 대지가 열에 들떠서 진동을 했다고도 합니다.

맥베스 험한 밤이었습니다그려.

레녹스 제 기억으론 처음 당하는 괴이한 밤이었습니다.

맥더프 다시 등장.

맥더프 아, 무서운, 무서운 일이! 입 밖에 내서 말할 수도, 마음으로 상상할 수도 없는 무서운 일이…….

맥베스, 레녹스 대체 무슨 일이오?

맥더프 파괴의 손이 마침내 다시없는 보물을! 극악무도한 시역, 신전을 두드려 부수고 거기서 그 주인의 생명을 훔쳐가 버렸소.

맥베스 생명이라 하셨소?

레녹스 폐하의 생명을?

맥더프 침소에 가보시오, 새로 나타난 괴녀 고르곤(뱀 같은 머리카락을 가진 전설적인 세 여자 괴물들의 총칭. 여기서는 던컨 왕의 시체를 가리킨다.—역주)에 눈이 멀어 버릴 테니. 나한테 더 이상 묻지 마시오. 가서 보고 직접 말하시오. (맥베스와 레녹스 계단을 올라간다) 일어나시오! 일어나시오! 경종을 울려라. 시역이다! 뱅코, 도날베인! 맬컴! 일어나시오! 죽음의 가면인 포근한 잠을 떨쳐 버리고, 죽음 그 자체를 보시오! 일어나시오! 일어나서 마지막 심판의 현장을 보시오! 맬컴! 뱅코! 무덤에서 일어난 유령처럼 걸어와 이 공포를 지켜봐요! (비상 종소리)

맥베스 부인, 잠옷 차림으로 등장.

맥베스 부인 무슨 일이 났기에 소름 돋는 종소리로 잠자는 집안사람
　　　들을 깨워 불러내시는 거죠? 말씀을 하세요, 말씀을!
맥더프 오! 부인, 내가 비록 말을 할 수 있다 해도 부인께서 들으시면
　　　안 됩니다. 부인의 귀에 이 사실을 들려 주는 순간 즉시 살인을 하
　　　는 결과가 됩니다.

뱅코 실내복을 걸치고 허둥지둥 등장.

맥더프 오, 뱅코! 뱅코! 폐하께서 시역을 당하셨소.
맥베스 부인 어머, 저희 집에서요?
뱅　코 어디서고 간에 너무도 극악한 일이오. 여보게, 맥더프, 제발
　　　지금 한 말이 사실이 아니라고 말해 주시오.

맥베스와 레녹스 다시 등장.

맥베스 차라리 한 시간 전에 내가 죽었던들, 행복한 일생이었을걸. 이
　　　제 인생에 있어 중요한 것이라곤 모두 사라져버렸구나. 만사가 하
　　　찮고 내 명예와 미덕은 이제 죽어 버렸소. 생명의 술은 다 쏟아지
　　　고, 남아 있는 자랑거리라곤 찌꺼기들뿐이오.

두 왕자, 맬컴과 도날베인, 오른쪽 입구에서 허둥지둥 등장.

도날베인 무슨 변고가 생긴 건가요?

맥베스 아직 모르고 계시군요. 폐하의 신상에 큰일이 일어났습니다. 폐하의 피의 원천, 머리, 샘이 막혀 버렸습니다. 그 근원이 막혀 버렸습니다.

맥더프 부친인 국왕께서 시역을 당하셨습니다.

맬 컴 아니, 누구한테?

레녹스 침소 시종들의 소행 같습니다. 두 놈 다 손과 얼굴은 온통 피투성이고, 단검도 피가 묻은 채 베개 밑에 놓여 있었습니다. 두 놈 다 눈은 멍하고 실성한 모양인데, 사람의 생명을 그런 자들에게 맡긴 것이 화근이었습니다.

맥베스 아, 이제 후회가 되오. 너무 분개한 나머지 그 두 놈을 죽여 버린 것이.

맥더프 아니, 왜 그리하셨소?

맥베스 놀라고 당황한 중에 지각 있게 행동하고, 분개하지만 절도를 지키고, 충성을 맹세하지만 냉정을 유지하는 것, 이 상반된 것을 누가 잘할 수 있겠소? 격렬한 내 충정의 조급한 행동이 그만 가로막는 이성을 앞질러 버렸지요. 왕은 한쪽에 쓰러져 계셨는데 은빛 피부에는 금빛 핏발 무늬가 수놓아 있었고, 깊이 베인 상처들은 파멸의 무참한 입구, 인체의 갈라진 틈 같았소. 한편 맞은편에는 자객들이 시역의 역력한 증거로서 피에 잠겨 있었고, 단검은 무엄하게도 칼집에서 나와 피가 묻은 채 그들 곁에 굴러다니고 있었소. 그런데 충성심이 있고, 그것을 행동에 옮길 용기를 가진 사람이라면 그 누가 그걸 보고 참을 수 있었겠소?

맥베스 부인 (기절하는 체하며) 아, 저를 좀 데려가 주세요!

맥베스, 부인 곁으로 간다.

맥더프 아, 부인을 돌봐 드리시오.

맬 컴 (도날베인에게 방백) 우리가 제일 문제삼아야 할 일을 우리는 왜 입 다물고 가만히 듣고만 있었을까?

도날베인 (맬컴에게 방백) 지금 무슨 말을 하겠소? 악운이 송곳 구멍에 숨어 있다가, 언제 튀어나와서 덤벼올지 모르는데. 자, 피합시다. 눈물은 아직 가슴에 간직해 두기로 합시다.

맬 컴 (도날베인에게) 격렬한 비애도 아직 가슴에 눌러 두고.

맥베스 부인의 시녀들 등장.

뱅 코 (시녀들에게) 마님을 돌봐 드려라. (시녀들이 부인을 부축해 나간다) 그럼, 노출되어 고생하는 우리들의 연약한 알몸을 가린 다음 다시 만나서 이 극악무도한 사건의 진상을 규명합시다. 공포와 의혹에 몸이 떨리긴 하지만 난 신의 위대한 품안에서 이 대역죄의 음모와 싸우겠소.

맥베스 나도.

모 두 다들 그럽시다.

맥베스 속히 무장을 하고 회의실로 집합합시다.

모 두 그렇게 합시다. (맬컴과 도날베인만 남고 모두 퇴장)

맬 컴 어떻게 할 참인가? 저들과 같이 행동할 수는 없지. 마음에도 없이 애통해하는 것은 부정한 인간들이 흔히 하는 짓, 난 잉글랜드로 가겠어.

도날베인 나는 아일랜드로. 피차 헤어져 있는 것이 차라리 안전합니다. 이곳은 부드러운 미소에도 칼날이 숨어 있습니다. 핏줄이 가까운 놈일수록 더 잔인한 법이거든.

맬　컴 살인의 화살은 아직 과녁에 꽂히지 않았어. 아무튼 가장 안전한 길은 과녁을 피하는 것뿐이야. 그러니 어서 말에 올라 작별인사는 그만두고 피하자구. 인정의 여지가 없는 때에 살그머니 달아난다고 해서, 그 행위를 부끄러워할 필요는 없으니까. (두 사람 퇴장)

11

2막 4장

맥베스의 성 앞.
이상하게 어두컴컴한 날씨. 로스와 노인 한 사람 등장.

노 인 칠십 평생을 난 분명히 기억하오. 그 긴 세월의 책 속에서 끔찍한 시절과 괴이한 것들을 많이 봐 왔지만, 간밤의 처참함에 비하면 이전 일들은 문제도 안 됩니다.

로 스 (얼굴을 들며) 아, 영감. 인간의 소행에 마음이 괴로운지 하늘도 저렇게 지상을 위협하고 있구려. 시간은 대낮인데, 생명의 햇빛이 대지에 입 맞춰야 할 때에 무덤 같은 이 어둠은 밤의 기승 때문인지, 낮의 수줍음 때문인지, 암흑이 지면을 덮고 있구려.

노 인 간밤의 사건도 그렇습니다만, 자연의 이치에 어긋난 일들뿐입니다. 지난 화요일에는 의기양양하게 공중 높이 날아오른 매가 쥐나 잡아먹는 올빼미한테 습격당해 죽었답니다.

로 스 그뿐만 아니라 던컨 왕의 말들도 (참으로 괴이한 일이지만 사실입니다) 원래는 늠름한 준마인데, 별안간 난폭해져서 마구간을 부수고 인간과 전쟁을 하려는 듯 복종을 거부하며 뛰쳐나갔답니다.

노 인 말들끼리 서로 물어뜯었다고도 하던데요.

로 스 그랬답니다. 그걸 본 나는 경악하고 말았지요. (맥더프가 성에서 나온다) 아, 맥더프 나리, 도대체 지금 세상이 어떻게 돌아가고 있습니까?

맥더프 (하늘을 가리키며) 왜, 저것이 안 보이오?

로 스 그 극악무도한 시역자는 찾아내셨습니까?

맥더프 맥베스가 죽여 버린 두 놈이오.

로 스 원, 저런! 대체 뭣 때문에 그런 짓을 했을까요?

맥더프 사주를 받은 거죠. 국왕의 두 아들, 맬컴과 도날베인이 몰래 도피를 했으니 그들이 의혹을 받고 있소.

로 스 이 또한 자연에 역행하는 짓, 이 무슨 야욕인가요. 자기 생명의 근원을 탐하려 들다니! 그렇다면 이제 왕위는 맥베스 장군께로 돌아가겠군요.

맥더프 벌써 추대되어 대관식을 올리러 스콘 사원으로 떠나셨소.

로 스 던컨 왕의 유해는요?

맥더프 콤길로 모셔졌소. 선왕들의 유골을 안전하게 지켜 주는 그 신성한 납골당 말이오.

로 스 나리도 스콘으로 가시나요?

맥더프 아니, 나는 내 성이 있는 파이프로 갈 거요.

로 스 저는 스콘으로.

맥더프 그럼, 그곳 일이 모두 잘되시길 바라오. 안녕히 가시오! 낡은

맥베스 173

옷이 새 옷보다 입기 편한 그런 사태는 벌어지지 말아야 할 텐데!

로 스 안녕히 가시오, 영감.

노 인 당신에게 신의 축복이 내리기를! 그리고 또 악을 선으로, 원수를 친구로 만드는 분들에게도! (모두 퇴장)

몇 주일이 지나간다.

맥베스

3막

12

3막 1장

포레스 궁전의 알현실.
뱅코 등장.

뱅 코 자, 이제 당신은 왕위와 코도와 글래미스 모든 것을 가졌다,
운명의 여인들이 약속했던 대로. 혹시 더러운 수단으로 얻은 것은
아닌지 걱정되지만, 그러나 그것을 네 후손에 전하지 못하고, 내가
수많은 왕들의 시조가 될 것이라고 했다. 만일 그 말이 진실이라면
그 예언이 맥베스 당신에게 실현된 것으로 보아, 내게도 신탁이 될
수도 있겠지. 그러니 희망을 걸어도 좋을 것 아닌가? 하지만, 쉿!

나팔 소리.
국왕이 된 맥베스, 왕비가 된 맥베스 부인, 레녹스와 로스, 귀족들
과 시종들 등장.

맥베스 아, 여기에 우리의 주빈이 있었군.

맥베스 부인 이분을 잊는다면 우리의 축연에 구멍이 뚫린 셈이 되니 그야말로 체면이 서지 않아요.

맥베스 오늘밤 연회가 있으니 부디 참석해 주시오.

뱅 코 어명이시면 오직 순종만이 신의 의무인 줄 아뢰오.

맥베스 금일 오후 말을 타고 어디 나가오?

뱅 코 예, 폐하.

맥베스 나가지 않는다면 오늘 회의에 장군의 의견을 들으려고 했는데, 장군의 고견은 항상 무게감 있고 유익했으니까. 그러나 내일로 미룹시다. 그래, 멀리 나가오?

뱅 코 예, 지금 떠나면 연회 시간에나 돌아오게 될 것 같습니다. 만일 말이 잘 달리지 못하게 될 경우엔, 밤의 컴컴한 시간을 한두 시간 빌리게 될지도 모릅니다.

맥베스 축연에 꼭 참석하오.

뱅 코 예, 꼭 참석하겠습니다.

맥베스 듣자하니 과인의 잔인한 친척인 두 왕자는 각각 잉글랜드와 아일랜드로 망명해 있다 하는데, 죄를 자백하기는커녕, 도리어 괴이한 낭설을 유포하고 있다 하오. 그러나 이 일은 내일 상의할 국사와 더불어 다시 의논합시다. 그럼, 잘 가시오. 돌아오면 밤에 만납시다. 플리언스도 같이 가오?

뱅 코 예, 이젠 출발할 시각이 되었습니다.

맥베스 빠르고 발이 튼튼한 말이길 바라오. 그럼 이젠 정말 두 분을 말 등에 맡기리다. 잘 가오. (뱅코 퇴장) 자, 모두들 저녁 7시까지 자유 시간을 갖도록 하시오. 손님들을 더 기쁘게 맞이하기 위해 과인은 연회 시간까지 혼자 있겠소. 다들 물러가오. 그럼, 그때 봅시다! (맥베스와 시종 한 명만 남고 모두 퇴장) 여봐라, 이리 좀. 그들이 밖에 대기하고 있느냐?

시 종 예, 궁성 문밖에 대기하고 있습니다.

맥베스 불러들여라. (시종 퇴장) 이런 삶은 안전이 보장되지 못한다면 다 헛것이다. 뱅코에 대한 내 두려움은 뿌리 깊어. 그자의 제왕다운 성품에 내 불안의 근원이 숨어 있거든. 그자는 실로 대담하다. 그리고 그 대담한 기질에다 지혜까지 갖춰, 용기를 안전하게 행동으로 옮기거든. 내가 두려워하는 놈은 그자뿐이다. 안토니의 수호신도 시저에게 당했듯이 그자 곁에서는 내 수호신이 맥을 못 쓰거든. 마녀들이 처음 나를 왕이라 불렀을 때, 그자는 그것을 꾸짖고 자기에게도 말을 하라고 명령했었지. 그러자 그들은 예언자인 양 그자를 미래 왕조의 조상으로 환영했지. 나의 머리에는 열매 없는 왕관을 씌워 주고, 손에는 불모의 홀(笏)을 쥐여 주었으니, 이것은 결국 내 아들이 왕위를 계승하지 못하고 남의 자손에게 빼앗기게 된다는 말이거든. 그렇게 된다면 나는 뱅코의 자손들을 위해 인자한 던컨 왕을 시역한 셈이 아닌가! 그들은 뱅코의 씨로 왕을 삼기 위해 불멸의 보배인 영혼을, 인류의 적인 악마의 손에 넘겨준 셈이 아닌가! 그리 될 바엔, 자 운명아, 결전장에 들어와 나와 한번 끝까지 겨뤄 보자! 게 누구냐?

시종이 자객 두 명을 데리고 등장.

맥베스 너는 부를 때까지 문밖에 나가서 대령하라. (시종 퇴장) 어제였지. 너희들과 같이 얘기한 것이.

자객 1 예, 폐하.

맥베스 음, 그래. 짐의 얘기를 잘 생각해 보았겠지? 지금까지 너희들을 불행하게 한 것은 사실 그놈이다. 너희들은 오해하고 있는 모양이나, 짐은 그 사건과 무관하다. 이는 어제 이야기로 충분히 납득되었겠지. 즉 너희들이 어떻게 기만과 학대를 당하고 있는지, 앞잡이는 누구고 누가 이를 조종하고 있는지, 그 밖에 모든 것을 설명해 주었으니까. 그러니 가령 바보 미치광이라도 진상을 납득할 게 아니냐. '이건 뱅코의 짓이다.'라고.

자객 1 그건 잘 알아들었습니다.

맥베스 그건 그렇고, 좀 더 할 얘기가 있는데, 오늘 너희를 다시 보자고 한 것도 다 그 때문이다. 너희들에게 묻겠는데, 대체 너희들은 그런 대우를 감수할 만큼 인내심이 강하단 말이냐? 아니면 그 알뜰한 양반과 그 자손들을 위해 기도를 드릴 만큼 신앙심이 깊단 말이냐? 그자 때문에 가혹하게 죽음으로 내몰리고 너희 자식들이 영원히 굶주리게 되었는데도?

자객 1 저희들도 사람입니다. 폐하.

맥베스 음, 이름은 사람 축에 들지. 사냥개, 그레이하운드, 잡종, 똥개, 삽살개, 물개, 늑대 등등도 다 개로 불려지듯이. 그러나 감정서에 보면 빠른 놈, 영리한 놈, 느린 놈, 똑똑한 놈, 집개와 사냥개 등등 풍요로운 자연이 부여해 준 특징에 따라 모두가 구별되어 적혀 있어. 그래서 그 전체를 싸잡아 써놓은 명단과는 별도의 호칭을 부여받고 있는 거지. 사람도 마찬가지야. 자, 이제 너희들도 문서에서 한 자리를 차지하고 사나이 말단이 아니라면 말을 해봐. 그럼 과인이 은밀한 임무를 너희들에게 맡기고, 그것이 성사되면 너희들은 원수를 제거할 수 있을 뿐만 아니라 과인의 신임과 총애를 받게 될 거야. 그자가 생존해 있는 한 과인은 절반은 죽은 거나 다름없고, 그자가 없어져야 비로소 과인의 신변은 안전해질 거야.

자객 2 네, 폐하! 저는 세상의 지독한 학대에 분통이 터질 지경이니까, 세상에 대한 분풀이라면 무슨 짓이라도 하겠습니다.

자객 1 저 또한 너무나 오랫동안 불행에 시달리고 불운에 시달려 왔으므로, 이제는 가부간 생명을 걸고 운명을 시험해 볼 작정입니다.

맥베스 두 사람 다 이제는 알았을 거다, 뱅코가 원수임을.

자객들 네, 알다뿐이겠습니까.

맥베스 그자는 과인의 원수이기도 하다. 사실 그는 살아있는 매 순간 내 급소를 찌를 수 있을 만큼 가까이 서 있었어. 물론 과인은 권력으로 대중들 앞에서 그자를 싹 쓸어내 버리고 과인의 의지를 정당화시킬 수도 있는 일이나, 이를 삼가야 할 까닭이 있다. 그자에게도 친구이며 짐에게도 친구인 분들이 있는데, 과인으로서는 그분들의 호의를 잃고 싶지 않거든. 그래서 그자를 이 손으로 쓰러뜨려 놓고 오히려 애통해하는 것처럼 보여야 하는 거다. 이렇듯 너희들의 조력을 구하는데 여러 가지 중대한 사정이 있어 그러니, 세상 사람들이 모르게 일을 실행해 줘야겠다.

자객 2 저희들은 폐하의 지시대로 실행하겠습니다.

자객 1 가령 저희들의 생명이…….

맥베스 음, 너희들의 본심은 잘 알았다. 늦어도 한 시간 이내에 잠복할 장소를 알려주겠다. 이 일은 오늘밤 안으로 성 밖에서 해치워야 하니까. 그리고 과인은 이 일과 아무 상관이 없다는 것을 항상 명심해라. 그런데 그자와 더불어—이 일에 흠집이 남아서는 안 되니까—동행한 아들놈 플리언스를 처치하는 것도 그 아비를 죽이는 것 못지않게 과인에게는 중요한 일이니까, 그 아들마저 컴컴한 운명을 알게 해 다오. 그럼, 저리 가서 결심을 굳히도록 해라. 곧 다시 만나자.

자객들 결심은 이미 섰습니다.

맥베스 곧 부를 테니 안에서 기다려라. (두 자객 퇴장) 계획은 끝났다. 뱅코야, 네 영혼이 천당으로 가기를 원한다면 오늘밤 안으로 찾아가야 할 거다. (다른 쪽 입구로 퇴장)

13

3막 2장

같은 장소
맥베스 부인, 시종 한 명을 거느리고 등장.

맥베스 부인　뱅코 장군이 궁성을 떠나셨느냐?

시　종　예, 밤에 다시 참례하십니다.

맥베스 부인　폐하께 가서 아뢰어라, 좀 드릴 말씀이 있으니 여가가 있
　　으시면 좀 뵙잖다고.

시　종　예.

맥베스 부인　욕망이 채워져도 만족이 없는 한 모두가 허사로다. 살인
　　을 하고 이렇게 불안한 기쁨밖에 누리지 못할 바에야 차라리 죽임
　　을 당하는 게 더 나을 것이다.

맥베스, 생각에 잠긴 채 등장.

맥베스 부인 아, 폐하! 왜 하찮은 공상을 벗삼아 고독하게 계십니까? 생각하지 않으면 자연 소멸될 망상을 상대로…… 해결책이 없는 일은 무시해 버리는 수밖에 없습니다. 과거는 그저 과거일 뿐입니다.

맥베스 우리는 독사에게 상처만 냈을 뿐 죽이지는 못했소. 머지않아 그놈이 회복한다면, 우리의 서투른 악행은 옛날 독사의 위험에서 벗어나지 못할 거요. 하지만 불안 속에서 식사를 하고 잠을 자며, 밤마다 저 악몽에 시달리며 고민할 바에야, 차라리 만물의 사개는 무너지고, 하늘과 땅 두 세계는 멸망해 버리라지. 양심의 가책 아래 미칠 듯이 불안하게 사느니보단 차라리 우리 자신의 평화를 구하여, 평화의 나라로 보내 버린 죽은 자와 동거함이 더 낫겠소. 던컨은 지금 무덤 속에 있소. 인생의 발작적인 열병을 다 치른 뒤 편히 자고 있소. 시역은 그에게 마지막 죄악을 행하였소. 이제는 칼날도, 독약도, 내란도, 그 무엇도 그를 더 이상 손대지 못하오.

맥베스 부인 됐어요, 폐하. 침울한 얼굴을 펴시고, 명랑하고 즐거운 마음으로 오늘밤 손님들을 대하세요.

맥베스 아, 그렇게 하리다. 당신도 부디 그러시오. 그리고 뱅코에게는 특별히 신경써서, 눈으로나 입으로나 주빈으로 우대하시오. 한동안은 불안하니 우리의 명예를 아첨의 개울 속에 담그고, 마음에다 가면을 씌워 본심을 감춰야 할 것이오.

맥베스 부인 그런 얘기는 이제 그만두세요.

맥베스 아, 내 마음속에는 독충들이 우글거리고 있소. 글쎄 뱅코와 그의 아들놈 플리언스는 아직 살아있잖소.

맥베스 부인 하지만 그들의 수명이 영원한 것은 아니잖아요.

맥베스 그래서 그나마 위안이 되오. 언제라도 습격해 버릴 수 있으니까. 그러니 당신도 밝은 표정을 하시오. 박쥐가 사원을 훨훨 날아다니고, 거름 먹은 풍뎅이가 밤의 마녀 헤카테의 부름을 받아 졸린 목소리로 저녁 종을 치기 전에 무서운 일이 벌어질 테니까.

맥베스 부인 무슨 일을 말하는 거죠?

맥베스 여보, 당신은 모르는 게 나아요. 일이 끝난 뒤에 칭찬의 박수나 치구려. 자 오너라, 눈을 가리는 밤아. 인자한 얼굴의 보드라운 눈을 가리고, 보이지 않는 네 잔인한 손으로 말살하고 찢어다오. 나를 두렵게 하고 있는 그자의 생명의 증서를! 빛은 어둠에 밀려가고, 까마귀는 숲속으로 날아가고 있소. 낮의 선량한 자들은 허탈하여 졸기 시작하고, 밤의 시커먼 수하들은 음식을 찾아서 일어나기 시작하오. 내 말에 놀란 모양이구려. 그러나 꾹 참고 있으시오. 악으로 시작한 일은 악으로 튼튼하게 만들 수밖에. 자, 함께 가십시다. (두 사람 퇴장)

14

3막 3장

궁성 바깥, 숲속 언덕길.
두 자객이 또 한 명의 자객과 이야기하면서 언덕길을 올라간다.

자객 1 대관절 당신은 누구의 명을 받고 따라오는 거요?

자객 3 맥베스 왕이오.

자객 2 이 사람을 의심할 필요는 없을 것 같소.

자객 1 그럼, 합세하시오. 서쪽 하늘엔 아직 석양빛이 가물거리고 있
소. 길손은 제시간에 여인숙에 찾아들고자 말을 재촉하는 무렵이
오. 우리가 기다리는 주인공도 이제 나타날 거요.

자객 3 쉿, 말발굽 소리요.

뱅   코 (멀리서) 플리언스, 횃불을 이리 다오!

자객 2 바로 그자다. 초대받은 나머지 분들은 이미 다 궁성에 가 있소.

자객 1 길을 돌아서 가는 모양이군.

자객 3 음, 1마일쯤 돌아서. 그런데 다른 분들도 그렇지만, 뱅코는 보통 여기서부터는 궁성까지 걸어서 가거든.

뱅코와 플리언스가 언덕길을 올라온다.

자객 2 횃불이다!

자객 3 놈이다.

자객 1 잘 해 보세!

뱅 코 오늘밤에는 비가 올 모양이야.

자객 1 오고말고. (자객 한 사람이 횃불을 쳐서 꺼버리고, 다른 두 사람은 뱅코에게 덤벼든다)

뱅 코 아, 배신이다! 달아나라, 플리언스. 도망쳐! 복수를 해다오. 윽, 비열한 놈!(뱅코 죽고, 플리언스 도망친다)

자객 3 누가 횃불을 껐지?

자객 1 잘못한 건가?

자객 3 한 놈밖에 해치우지 못했어. 아들놈은 달아나 버렸어.

자객 2 중요한 임무의 반은 놓쳐 버렸구먼.

자객 1 어쨌든 가서, 한 일만이라도 아뢰도록 하지.

15

3막 4장

궁성의 홀.

안쪽에 단이 있고 그 뒤 좌우에 입구가 있다. 단 위에는 옥좌가 마련되어 있고, 앞에는 식탁이 무대 중앙에 놓여 있다. 향연이 준비되어 있다.

맥베스, 맥베스 부인, 로스, 레녹스, 귀족, 시종들 등장.

맥베스 각기 서열대로 앉으시오. 모두들 잘 오셨소.

귀족들 황공하옵니다.

맥베스는 부인을 옥좌로 안내한다. 귀족들은 각기 식탁 양쪽에 착석한다. 맥베스의 옥좌는 비어 있다.

맥베스 과인도 여러분과 어울려 미력한 주인 역이나마 해 보겠소. (맥베스 내려온다) 여주인은 옥좌를 지키지만, 적당한 때 여러분께 환영을 표하도록 과인이 요청해 보리다.

맥베스 부인　폐하께서 저를 대신하여 여러분께 인사말을 전해 주세요. 제가 진심으로 환영한다고.

맥베스가 왼쪽 입구를 지나갈 때 자객 1이 등장한다. 귀족 모두가 일어서서 맥베스 부인에게 인사를 드린다.

맥베스　자, 보시오, 모두들 왕비에게 진심으로 감사를 표하고 있소. 양쪽 좌석 수가 같으니 (빈 좌석을 손가락으로 가리키면서) 나는 여기 앉겠소. 마음껏 즐기시오. 이제 곧 축배를 돌리겠소. (입구의 자객에게) 자네 얼굴에 피가 묻었어.

맥베스와 자객, 서로 방백을 교환한다.

자 객　뱅코의 핍니다.

맥베스　그자의 피가 자네 얼굴에 묻어 있어 다행이군. 그래, 해치웠느냐?

자 객　예, 폐하. 목을 잘랐습니다. 제가 직접 처리했습니다.

맥베스　너는 목을 베는 데 명수로구나! 그러나 플리언스를 처치한 자도 훌륭해. 만약 그도 자네가 처치했다면 자넨 천하무적이라 할 만해.

자 객　국왕 폐하……. 황송합니다만 플리언스는 달아나 버렸습니다.

맥베스　내 발작이 다시 도지려고 하는군. 그놈마저 처치해 주었더라면 나는 안전했을 텐데. 마치 티 없는 대리석이나 암석같이 견고하고, 넓은 대지같이 자유롭고 활달할 것 아니냐. 하지만 이제 나는 좁은 방에 감금되어, 의혹과 공포에 결박을 당해 버렸구나. 어쨌든 뱅코만은 틀림없겠지?

자 객 예, 틀림없이 도랑 속에 뻗어 있습니다. 머리에 스무 군데나 깊은 상처를 입은 채. 가장 작은 상처만으로도 목숨이 무사하지 못합죠.

맥베스 아, 수고했다. 아비 뱀은 죽었구나. 달아난 새끼 뱀은 머지않아 독을 지니게 되겠지만, 지금 당장은 이빨에 독이 없다. 그만 물러가거라. 내일 다시 얘기하자. (자객 퇴장)

맥베스 부인 폐하, 환대가 부족합니다. 향연 중에 자주 환대의 뜻을 표시하지 않으면 돈 주고 사 먹는 식사와 같습니다. 그저 먹기만 하려면 제집이 제일이지요. 집 밖의 식사에선 예절이 양념이며, 환대 없는 연회는 무의미합니다.

맥베스 지당한 말씀이오! 자, 다들 많이 드시고, 식욕과 소화가 다 왕성하시기를!

레녹스 폐하께서도 앉으시지요.

맥베스 이제 전국의 고관대작이 한 자리에 모두 모였구려. 저 훌륭한 뱅코 장군만 불참했군.

뱅코의 유령이 나타나서 맥베스의 자리에 앉는다.

그분의 무성의를 질책하게나 되었으면 좋겠소만, 혹시 그에게 무슨 재앙이라도 생긴 건 아닌지 염려가 되는구려.

로 스 그분의 불참은 약속 위반입니다. 황공하오나 폐하께서도 저
희들과 자리를 같이하는 은총을 베푸소서.

맥베스 좌석이 다 찬 것 같소만.

로 스 여기 비워 둔 자리가 있습니다.

맥베스 어디요?

레녹스 여기 있습니다. 아니, 폐하, 왜 그렇게 놀라십니까?

맥베스 누가 이런 장난을 한 거지?

귀족들 무엇을 말씀입니까?

맥베스 (유령에게) 결코 내가 했다곤 말 못 할걸. 그 피투성이 머리카락
을 이쪽에 대고 흔들지 마. (맥베스 부인, 자리에서 일어선다)

로 스 여러분, 모두들 일어납시다. 폐하께서 편찮으십니다.

맥베스 부인 (걸어 내려오면서) 여러분, 모두 자리에 앉으세요. 폐하께서
는 종종 저러십니다. 젊은 시절부터 있는 일입니다. 그냥 앉아 계
세요. 이 병은 일시적입니다. 곧 나으실 거예요. 여러분이 계속 유
심히 쳐다보면 도리어 병이 심해져서 이 상황이 오래 가게 될 테니
어서 잡수세요, 개의치 마시고. (맥베스에게) 당신은 대장부잖아요.

여기서 맥베스 부부는 한참 방백을 주고받는다.

맥베스 암, 대단한 사나이지, 악마가 질겁할 만한 오싹한 것도 난 노
려볼 수 있어.

맥베스 부인 어마, 정말 장하시네! 그건 마음의 불안에서 생긴 환상이
에요. 공중에 떠서 왕의 침소로 안내했다는 저 환상의 단검 같은
거예요. 아, 그런 발작은 진짜 불안에 비하면 아무것도 아니에요.

겨울날 난롯가에서 할머니에게 들은 이야기를 아낙네가 지껄이는 것과 같아요. 원, 창피하게시리, 왜 그런 얼굴을 하세요? 다 끝난 일인데, 기껏해야 그건 의자에 지나지 않아요.

맥베스 여보, 저기 좀 봐! 저기! 저, 저것 좀 봐! 자 어떻소? 왜 내가 걱정해야 하지? 머리를 끄덕일 수 있다면 어디 말을 해봐라. 일단 매장된 놈을 납골당이나 무덤이 다시 토해 놓고 만다면, 이젠 솔개 들에게 그 시체를 던져 줘야겠군. (유령 사라진다)

맥베스 부인 원, 바보같이 환영을 보고 놀라시다니?

맥베스 확실히 이 눈으로 보았소.

맥베스 부인 아이참, 창피해요!

맥베스 (이리저리 걸어다니면서) 유혈의 참사는 태고 적에도 있었지. 자비로운 법률로 사회가 정화되어 평화롭기 전에도. 그렇지, 그 후에도 듣기에도 끔찍한 살인이 자행되었지. 그러나 예전에는 뇌수가 터지면 사람이 죽었고 그걸로 끝이었는데, 지금은 머리에 치명상을 20군데나 입은 놈이 다시 살아나서 사람을 의자에서 밀어내는 판이니…… 이거 참, 그 어떤 살인보다 이게 더 괴상하다.

맥베스 부인 (맥베스의 팔을 잡으며) 자, 귀한 손님들이 기다리고 있습니다.

맥베스 아, 그만 잊고 있었구려. 나를 수상히 생각하지들 마시오. 여러분. 나는 이상한 고질병이 있는데, 별것 아닙니다. 자, 여러분의 건강을 빌겠소. 그럼, 나도 착석하겠소. 포도주를 채워라. 참석하신 모두의 기쁨과, 없어서 섭섭한 과인의 친구 뱅코 장군을 위하여! 그 친구가 함께 있었다면!

맥베스가 잔을 들자 등 뒤 자리에서 유령이 나타난다.

맥베스　여러분 모두와, 그 친구를 위하여 축배를 들겠소. 자, 모두 축
　　배를 듭시다.

귀족들　(잔을 들면서) 폐하를 위하여!

맥베스　(의자를 돌아다보며) 내 눈앞에서 꺼져! 땅속으로 사라져라! (잔
　　을 떨어뜨린다) 네 뼈에는 골수가 없고, 피는 차디차다! 그렇게 노려
　　보는 그 눈에는 이미 총기가 없느니라.

맥베스 부인　여러분, 이건 지병이랍니다. 정말이에요. 그만 흥이 깨져
　　미안합니다.

맥베스　인간이 하는 일이라면 나도 할 수 있다. 텁수룩한 러시아 곰이
　　건, 뿔 돋친 물소건, 하케니아의 범이건, 어떤 모양을 하고라도 나오
　　라. 지금의 그 모양만 아니면 나의 이 탄탄한 이 근육이 꼼짝이나 할
　　까 보냐. 어디, 다시 살아나 칼을 들고 황야에서 대결해 보자. 그때
　　내가 겁낸다면 계집아이라고 놀려도 좋다. 꺼져, 징그러운 유령 같
　　으니, 공포의 그림자야, 썩 꺼져! (유령 사라진다) 이젠 사라졌구나. 사
　　라지기만 하면 난 다시 대장부다워지거든. 아, 여러분, 앉으시오.

맥베스 부인　당신의 정신착란 때문에 흥은 깨지고, 좋은 화합은 엉망
　　이 되고 말았어요.

맥베스　여름날 구름처럼 과인을 덮치는데 어찌 놀라지 않을 수 있겠
　　소? 나는 내 본성이 의심스러워졌소. 그러한 걸 보고도 다들 태연
　　히 얼굴의 홍조를 잃지 않고 있는데, 내 얼굴만 공포에 질리니.

로 스　그러한 것이라니 무엇을 말씀이십니까?

맥베스 부인　제발 아무 얘기도 하지 마세요, 또 악화되십니다. 얘기를

시키면 흥분하십니다. 그럼, 여러분 안녕히들 가세요. 어서요, 퇴석의 순서는 개의치 마시고. (귀족들 모두 일어선다)

레녹스 안녕히 주무시고 쾌차하시옵소서! (귀족들 모두 퇴장)

맥베스 부인 편안히 주무세요!

맥베스 피를 부르고야 말았다. 피는 피를 부른다잖소. 묘석이 움직이고, 수목이 말을 한 적이 있으며 까치와 갈까마귀, 당까마귀 등을 이용한 점술과 예언으로 깊이 숨은 살인자를 밝혀낸 일도 있소……. 밤은 얼마나 깊었소?

맥베스 부인 밤인지 새벽인지 분간하기 어려운 시간입니다.

맥베스 어떻게 생각하오, 과인의 특명을 거역하고 참석하지 않은 맥더프를?

맥베스 부인 사람을 보내보셨습니까?

맥베스 우연히 들었소. 그러나 사람을 보내겠소. 나는 모든 귀족들의 집에 매수한 하인을 심어 두었소. 내일 아침 일찍 운명의 자매들을 찾아가 봐야겠소. 이렇게 된 바에야 최악의 수단을 써서라도 최악의 결과를 미리 알아야겠소. 내 이익을 위해서는 무슨 짓이든 할 테요. 어차피 핏속에 발을 너무 깊이 들여놓고 보니 진퇴유곡, 이제는 전진하는 길밖에 없소. 지금 이 머릿속에는 괴이한 생각들이 내 손길을 기다리고 있소. 곧 실행에 옮겨야겠소. 따져보기 이전에 행동해야 할 것이오.

맥베스 부인 당신이 이러시는 건 만물을 보호하는 잠이 부족하신 탓이에요.

맥베스 자, 가서 쉽시다. 괴이한 내 망상은 풋내기의 불안 탓이오. 더 수련을 쌓아야지. 이런 일엔 아직 미숙하거든. (두 사람 퇴장)

16

3막 5장

황야.

천둥. 마녀 셋 등장하여 헤카테와 만난다.

마녀 1 아니 웬일이세요, 헤카테 님. 화가 나셨나요?

헤카테 화가 안 나게 됐어? 건방지고 뻔뻔스러운 마녀들 같으니. 제 멋대로 맥베스와 생사의 수수께끼를 가지고 거래를 해! 그리고 마술의 여왕이요, 온갖 재앙의 비밀 고안자인 나를 모셔다가 마술의 영광을 볼 수 있는 기회도 주지 않다니. 그뿐인가, 더 괘씸한 건 너희들이 한 짓은 오직 저 심술궂고 성을 잘 내는 고집쟁이만을 위한 것이었단 말이야. 남들처럼 그자도 너희가 아니라 제 일만 위하는 놈이야. 이제 너희들의 잘못을 바로잡을 때가 왔으니, 곧 출발하여 지옥의 아케론 강 동굴에서 새벽녘에 만나도록 하자. 그놈이 제 운명을 알기 위해 그곳에 올 테니까. 그릇들과 마술을 준비해라. 주문과 그 밖의 모든 것도 같이. 나는 하늘로 날아가 오늘 밤을 불길한 운명을 위해 보낼 거야. 정오가 되기 전에 일을 끝마쳐야지. 달님 한구석에는 증기 같은 물방울 하나가 무겁게 매달려 있는데, 땅에 떨어지기 전에 받아서 마법으로 증류시키면 정령들이 나타나고, 그 환영의 힘에 끌려 그놈은 파멸되고 만다. 운명을 차 버리고, 죽음을 조롱하며, 야망을 안고, 지혜와 미덕과 공로를 무시하게 마련이지. 하여튼 자만심은 무엇보다도 큰 적이거든. (정령들의 음악과 노래. 구름이 내리덮인다) 봐, 나를 부르잖니. 봐, 내 꼬마 정령이 안개 같은 구름 속에 앉아서 나를 기다리고 있잖니. (구름을 타고 날아가 버린다)

마녀 1 우리도 서두르자. 헤카테는 이내 돌아올 테니까. (마녀 셋 사라진다)

17

3막 6장

스코틀랜드, 어느 성.
레녹스와 귀족 한 사람 등장.

레녹스 내가 지금 한 얘기는 당신의 생각과 일치하나, 좀 더 깊이 분석할 여지가 있소. 아무튼 사태가 참 기묘하게 됐구려. 인자하신 던컨 왕은 맥베스의 애도를 받았소. 하긴 이미 돌아가신 분이니까. 그리고 용맹한 뱅코는 밤길을 걸어오는 중이었는데……. 그분을 플리언스가 죽였다고 할 수도 있겠지요. 플리언스는 도주했으니까. 밤늦게 다닐 일이 아니구려. 맬컴과 도날베인이 인자하신 자기 부친을 살해했다고 하니, 괴이하게 생각하지 않을 사람이 어디 있겠소? 천벌을 받을 일이지! 맥베스가 얼마나 애통했으면, 글쎄 의분에 못 이겨 당장 그 두 역적을 베어 버렸겠소. 술의 노예가 되고 잠의 종이 되어버린 두 범인을 현장에서. 훌륭한 처사였지요,

암, 현명한 처사였지. 그것들이 자기들 소행이 아니라고 변명하는 것을 들으면, 분개하지 않을 사람은 없을 테니 말이오. 그러니 맥베스는 만사를 순조롭게 해결한 것이지요. 그리고 생각해 보니 두 왕자가 체포되는 날엔, 설마 그렇게 되진 않겠지만, 부친 살해 죄의 대가를 톡톡히 맛보게 될 것이오. 플리언스 역시 그렇고. 하지만 가만있자! 바른 말을 하고, 폭군의 향연에 불참한 탓으로 맥더프는 지금 총애를 잃었답니다. 그런데 대체 그분들은 어디에 은신 중인가요?

귀 족 저 폭군에게 타고난 권리를 찬탈당한 황태자는 현재 잉글랜드 궁정에 가서 경건한 에드워드 왕께 극진한 영접을 받아, 불운한 처지에도 불구하고 존엄성엔 조금도 손상이 없으시다 합니다. 이미 맥더프도 그곳을 찾아 성왕께 호소하여 황태자를 위해 노섬벌랜드 백작과 용맹한 시워드를 궐기시킬 계획인즉, 다행히 하느님이 용납하신다면 그 원군으로 우리는 다시 성찬과 안면을 취하고, 향연과 연석에서는 피비린내 나는 칼을 거두고, 헌신적인 충성과 정당한 명예를 받게 될 것이오. 현재 우리 모두는 이것을 갈망하고 있소. 그런데 이 소식에 맥베스 왕은 격분하여 전쟁 준비에 착수했소.

레녹스 맥더프에게 사자를 보냈나요?

귀 족 보냈답니다. 그러나 '돌아가지 않겠다.'는 단호한 거절에 불쾌해진 사자는 홱 돌아서면서, '머지않아 후회하게 될 것이다. 이 따위 대답으로 나를 곤경에 빠뜨리다니.'라고 중얼거렸답니다.

레녹스 그렇다면 그분께 조심하라고 일러주고 멀리 피해 있도록 말씀드리는 게 좋겠소. 잉글랜드 궁정으로 천사 한 분이 날아가서 맥더프가 닿기 전에 그 용건을 밝혀 주고, 저주받은 손 아래서 고통 받는 이 나라에 축복이 돌아오도록 말이오.

귀 족 나도 그 천사 편에 서서 기도하겠소. (퇴장)

맥베스

4막

18

4막 1장

동굴.
동굴 중앙에는 불길이 타오르는 구멍이 있고, 그 위에 끓는 가마솥이 있다. 천둥소리와 더불어 불길 속에서 세 마녀가 차례로 나타난다.

마녀 1 얼룩 고양이가 세 번 울었다.

마녀 2 세 번이야. 그리고 고슴도치는 한 번 울었다.

마녀 3 하프도 운다. '때가 왔다, 때가 왔다.' 하고.

마녀 1 가마솥 주위를 빙빙 돌자. 독 있는 내장을 집어넣자. (모두 가마솥 주위를 좌측으로부터 돌기 시작한다) 차디찬 돌 밑에서 31일 밤낮을 자면서 독을 빚어내는 두꺼비, 이놈을 먼저 마법의 솥에다 끓여야지!

세 마녀 두 배나 고생하고, 두 배나 애를 써서 타라. 불은 타오르고, 솥

은 끓어라. (솥 속을 휘젓는다)

마녀 2 늪에서 잡은 뱀의 토막살점아, 끓어라. 구워져라. 가마솥에서 도롱뇽의 눈알과 개구리 발가락, 박쥐 발가락, 박쥐 털과 개 혓바닥, 독사의 혀와 독충의 침, 도마뱀 다리와 올빼미 날개, 모두 무서운 재앙의 부적이 되도록 지옥의 잡탕처럼 펄펄 끓어라.

세 마녀 두 배나 고생하고, 두 배나 애를 써서 타라, 불아. 끓어라, 솥아. (솥 속을 휘젓는다)

마녀 3 용의 비늘, 늑대 이빨, 마녀의 미라, 굶주린 상어의 위와 식도, 한밤에 캔 독 당근, 신을 모독하는 유대인의 간, 염소 쓸개, 월식 아래 꺾은 주목가지, 터키인의 코, 타타르인의 입술, 창부가 낳아서 목을 졸라 죽여 도랑에 버린 갓난아이 손가락, 죄다 넣어서 진하게 하자꾸나. 한 가지 더, 호랑이 내장까지 가마솥 약재로 넣자.

세 마녀 두 배나 괴로워하고, 두 배나 애를 써서 타라, 불아. 끓어라, 솥아. (솥 속을 휘젓는다)

마녀 2 자, 원숭이의 피로 식히자. 이젠 마력의 효험이 이루어졌다.

헤카테, 다른 셋을 데리고 등장.

헤카테 아, 잘들 했다, 수고했다. 이익을 얻으면 고루 나누어 주겠다. 자, 가마솥을 돌며 노래 부르자. 꼬마 요정, 큰 요정처럼 원을 만들고, 집어넣은 물건에다 마술을 걸며.

음악과 노래. '검은 귀신……'으로 시작된다. 헤카테 퇴장.

마녀 2 이 엄지손가락이 쑤시는 걸 보니, 어떤 악한 놈이 오나 보다. 열려라 자물쇠야, 노크한 자가 누구건!

문이 열리고 밖에 맥베스가 서 있다.

맥베스 (안으로 들어오면서) 시커먼 밤중에 비밀을 행하는 마녀들아! 대체 지금 뭣들을 하고 있느냐?

세 마녀 말하지 못할 비밀을 행하고 있었지!

맥베스 너희들의 마술을 걸고 엄숙히 물을 테니 어떻게 알아내든 나에게 대답해라. 너희들이 바람 풀어 교회에 맞서서 싸우게 할지라도, 거품 이는 파도가 선박을 부수고 삼켜 버릴지라도, 익은 곡식 넘어지고 나무가 쓰러지며 성곽이 파수병들 머리 위로 무너지고 궁궐과 피라미드가 바닥으로 머리를 숙인다 할지라도, 대자연의 보배인 씨앗들이 파멸이 지겨워질 때까지 한꺼번에 쏟아진다 할지라도 내가 묻는 질문에 대답하라.

마녀 1 말하시오.

마녀 2 물어보세요.

마녀 3 대답해 드릴게요.

마녀 1 그래, 저희들에게 들으시겠어요? 아니면 저희들의 스승님에게 들으시겠어요?

맥베스 그 스승님을 불러다오. 만나고 싶으니!

마녀 1 부어넣자, 제 새끼 아홉이나 잡아먹은 암퇘지의 피를, 살인자가 교수대에서 흘린 기름을 불 속에 던져 넣자.

세 마녀 지옥에 있는 모든 마녀들아, 이리 나와 마술을 보여라.

천둥. 환영 1, 맥베스와 같은 투구를 쓰고 솥 속에서 나타난다.

맥베스 네가 무슨 힘을 가졌는지 모르나, 자 말하라.

마녀 1 저쪽에선 당신 마음을 알고 있어요. 듣기만 하세요.

환영 1 맥베스! 맥베스! 맥베스! 경계하라 맥더프를, 파이프의 영주를, 이만 실례. *(솥 속으로 사라진다)*

맥베스 네 정체가 무엇인지는 모르나, 아무튼 그 충고는 고맙다. 너는 내 불안을 알아맞혔다. 하지만 한 가지만 더…….

마녀 1 명령도 소용없어요. 그럼 다음, 첫 번째보다 더 강력한 환영이 나타났어요.

천둥, 환영 2, 피투성이가 된 아이의 모습을 하고 나타난다.

환영 2 맥베스! 맥베스! 맥베스!

맥베스 내 귀가 세 개라도, 그 세 개로 네 말을 듣고 싶구나.

환영 2 잔인, 대담, 단호하게 행하라. 인간의 능력 따윈 우습게 생각하라. 여자 몸에서 태어난 자 중에서 맥베스를 해칠 자는 없느니라. *(솥 속으로 사라진다)*

맥베스 그럼, 맥더프, 살아있으라. 너 같은 걸 무서워할 필요가 어디 있겠느냐? 그러나 이중으로 확실성을 보증받기 위하여 운명한테 증서를 한 장 받아둬야지. 맥더프, 역시 넌 살려둘 수 없어. 이제 나는 비겁한 공포심을 호통쳐, 천둥이 으르렁거리는 속에서도 잠을 자야겠으니.

천둥. 환영 3, 왕관을 쓰고 손에 나뭇가지를 든 어린아이 등장.

맥베스 이건 뭐냐, 마치 왕손처럼 머리에 왕의 면류관을 쓰고 있구나?

세 마녀 듣기만 하세요, 말을 걸지는 마시고.

환영 3 사자 같은 기개를 가지고 용감할 것, 누가 분개하거나 초조해하건 개의치 말 것, 반역하는 무리들도 신경 쓰지 말 것. 버남의 큰 수풀이 단시네인의 높은 언덕을 향하여 맥베스에게 쳐들어오기 전에는 절대 정복 안 될 테니. (사라진다)

맥베스 그건 불가능한 일. 대체 누가 숲을 징발할 수 있으며, 대지에 뿌리박은 나무에게 뽑히라고 명령할 수 있겠는가. 멋진 예언이구나! 응, 반역자의 시체가 다시는 소생하지 못한다고, 버남의 숲이 움직이기 전에는. 그렇다면 왕위에 앉은 이 맥베스는 천수를 다한 끝에 기한이 되어서야 죽음에게 생명을 바치게 되겠구나. 그러나 한 가지 더 알고 싶어 가슴이 두근거리는구먼. 어디 말해 봐라, 너희들이 마술로 말할 수 있다면. 과연 뱅코의 자손이 이 나라에 군림하게 될 것인가?

세 마녀 이젠 더 묻지 마세요.

맥베스 꼭 알아야겠다. 만약 거절한다면 너희들은 영원한 저주를 받으리라. 알려다오. (피리 소리와 더불어 솥이 땅으로 가라앉는다) 저 솥은 왜 가라앉는 거지?

마녀 1 나타나라!

마녀 2 나타나라!

마녀 3 나타나라!

세 마녀 나타나서 눈에 보여 드리고, 마음을 슬프게 해 드려라. 그림자같이 나타났다 사라져라.

여덟 명의 왕이 한 줄로 나타나서 동굴 안쪽을 가로질러 간다. 이때 맥베스는 대사를 한다. 마지막 왕은 손에 거울을 들고 있다. 뱅코의 망령은 맨 끝에 따라간다.

맥베스 마치 뱅코의 망령 같구나. 너는 꺼져! 네 왕관에 내 눈이 탈 것 같다. 그리고 다른 왕관을 쓴 놈, 네 머리카락 역시 처음 놈과 같구나. 셋째 놈도 먼저 놈과 같고. 더러운 마녀 같으니! 왜 이런 것을 내게 보이는가! 넷째 놈? 아, 눈알이 튀어나올 것 같아! 제기랄, 이 행렬은 최후 심판의 날까지 계속될 참이냐? 또 한 놈! 일곱째? 이젠 보기 싫다. 또 여덟째가 손에는 거울을 들고 나타나 더 많은 왕들을 보여 주네. 그 중 어떤 놈은 구슬 두 개와 홀 세 개를 들고 있군. 무서운 광경이다……. 이제 보니 사실이구나. 머리카락이 피에 엉긴 뱅코가 날 보고 웃으면서, 저것들이 자기 자손이라고 가리키고 있잖은가. 제기랄, 이게 사실이란 말이냐?

마녀 1 예, 모두 사실이에요. 하지만 맥베스님. 왜 그렇게 멍하니 서 계세요? 얘들아, 여흥으로 이분의 기분을 돋우어 드리자. 나는 마술로 공중에서 음악이 나오게 할 테니, 너희들은 환상적인 윤무를 추어라. 그러면 이 대왕께서 우리 영접을 고맙다고 치사하실 것이 아니겠느냐.

음악. 마녀들 춤을 추며 사라진다.

맥베스 어디로 갔나? 사라졌어? 이 사악한 시간을 저주하는 기록을 달력에 영원히 남기리라! 밖에 누구 없느냐?

레녹스 등장.

레녹스 무슨 일이십니까?

맥베스 마녀들을 보지 못했느냐?

레녹스 예, 보지 못했습니다.

맥베스 자네 옆에 지나가지 않았는가?

레녹스 예, 정말 지나가지 않았습니다.

맥베스 바람 타고 가다가 염병에나 걸려라! 그것들의 말을 듣는 놈들은 지옥에 떨어져라! 아까 말발굽 소리가 났는데, 온 사람이 누구냐?

레녹스 예, 두서너 명이 맥더프가 잉글랜드로 도망갔다는 소식을 가지고 왔습니다.

맥베스 잉글랜드로 도망갔다고?

레녹스 예, 폐하.

맥베스 (방백) 시간아, 네가 선수를 쳤구나. 이제 가공할 일을 할 참이었는데. 실행 없는 계획은 어찌나 빠른지 따라갈 수가 없구나. 이 순간부터 마음속의 산물은 곧 손의 산물이다. 음, 이제부터라도 생각에다 행동의 관을 씌우기 위해 당장 계획하고 실행해야겠다. 맥더프의 성을 습격하여 파이프를 빼앗고, 그자의 처자나 혈연관계가 있는 불행한 일당을 모조리 칼로 베어야겠다. 바보 같은 호언장담은 아니다. 계획이 식기 전에 이 일을 실행에 옮겨야겠다. 이제 더 이상 환영은 보기 싫다! (큰 소리로) 그들은 어디 있느냐? 자, 그들이 있는 데로 가 보자. (모두 퇴장)

19

4막 2장

파이프, 맥더프의 성.
맥더프 부인, 그 아들과 로스 등장.

맥더프 부인 그이가 뭘 잘못했기에 고국을 떠나야 하나요?

로 스 참으셔야 합니다. 부인!

맥더프 부인 그 사람이야말로 참아야 했어요. 탈주는 미친 짓이에요.
행동이 아니라 공포심으로 인해 스스로 역적이 되고 만 거예요.

로 스 고국을 떠난 것이 냉철한 이성 때문인지, 제풀에 놀라서 그랬
는지 부인은 아직 모르십니다.

맥더프 부인 이성이라고요? 처자와 성과 영지를 버리고 혼자 도주한
것이? 그인 처자를 사랑하지 않습니다. 인류의 애정이 없는 사람
이에요. 새 중에 가장 작은 굴뚝새조차 둥지 안의 제 새끼를 위해
서는 올빼미와도 싸우잖아요. 공포심뿐이고, 애정이라곤 전혀 없

는 사람이에요. 또 이성은 무슨 이성입니까. 아무런 이유도 없이 도주할 필요가 어디 있어요.

로 스 부인, 진정하십시오. 주인어른은 고결하고 현명하고 분별력이 있으시며, 현 시국을 가장 잘 알고 계시는 분입니다. 자세히 말씀드리진 못하겠습니다만, 하여튼 고약한 세상입니다. 지금 우리는 자신도 모르는 사이에 역적으로 몰리고, 무섭기 때문에 풍설을 믿고 있으나, 대관절 뭐가 무서운지 스스로도 모르는 형편입니다. 거칠고 사나운 바다를 목적지도 없이 표류하고 있는 격입니다. 그럼, 이만 실례하겠습니다. 머지않아 다시 찾아뵙겠습니다. 재앙도 최악에 이르면 제일 심합니다. 그러니 이 고비만 넘기면 원상으로 되돌아갈 수 있습니다. (사내아이에게) 귀여운 아가, 안녕.

맥더프 부인 아비가 멀쩡히 살아있는데도 아비 없는 자식이 됐습니다.

로 스 저는 참 바보인가 봅니다. 이 이상 지체하고 있다가는 화를 당하고 부인까지 곤경에 빠뜨리게 될 겁니다. (허둥지둥 퇴장)

맥더프 부인 애야, 아버지는 돌아가셨어. 이제부터 어떻게 할 테냐? 어떻게 살아갈 테냐?

아 들 새들처럼 살지요. 어머니.

맥더프 부인 뭐, 벌레나 파리를 잡아먹고?

아 들 뭐든 잡히는 대로요. 마치 새들처럼.

맥더프 부인 가엾어라! 그물이나 끈끈이나 함정도, 덫도 무섭지 않나 보구나?

아 들 무섭긴 뭐가 무서워요. 어머니. 그런 것들로 불쌍한 새들을 잡을 순 없어요. 어머니가 아무리 그렇게 말씀하셔도 아버진 돌아가시지 않으셨어요.

맥더프 부인 아니다, 돌아가셨다. 아버지 없이 넌 이제 어쩔 테냐?

아 들 그럼, 어머닌 남편 없이 어떡하실 거예요?

맥더프 부인 남편쯤은 시장에서 스무 명 정도 살 수 있어.

아 들 샀다 파시게요?

맥더프 부인 있는 지혜를 다 짜내는구나. 어쩜 너 같은 애가 그런 말을 다 하니.

아 들 어머니, 아버지가 역적인가요?

맥더프 부인 음, 그렇단다.

아 들 역적이라니, 그게 뭔가요?

맥더프 부인 음, 맹세하고 거짓말하는 사람.

아 들 그렇게 하는 사람은 다 역적인가요?

맥더프 부인 그렇게 하는 사람은 모두 다 역적이다. 목을 매달아 죽일 수밖에.

아 들 그럼, 맹세를 깨뜨린 사람은 다 목을 매달아 죽여야 해요?

맥더프 부인 그렇단다, 모두 다.

아 들 누가 목을 매다나요?

맥더프 부인 그야 정직한 사람들이.

아 들 그럼, 거짓말쟁이와 맹세하는 사람들은 다 바보군요. 그들이 정직한 사람들을 때려눕히고 목을 매달아 죽여 버리면 될 텐데.

맥더프 부인 참 딱하구나. 가엾은 원숭이 같으니라고! 하지만 아버지 없이 넌 어떡할 테냐?

아 들 아버지가 돌아가셨다면 어머닌 우실 텐데, 울지 않는 걸 보니 내게 곧 새 아버지가 생길 좋은 징조겠죠, 뭐.

맥더프 부인 아니, 못하는 말이 없구나!

사자 등장.

사 자 안녕하십니까, 마님! 처음 뵙지만 마님의 신분을 알고 있습니다. 마님 신변에 위험이 닥친 것 같습니다. 미천한 이 사람의 충고를 들어 주신다면 자제분들을 데리고 어서 이곳을 피하십시오. 이렇게 놀라시게 해서 정말 죄송합니다만, 더 참혹한 일이 신변에 닥쳐오고 있습니다. 하느님의 가호가 있기를! 이젠 더 지체할 수 없습니다! (퇴장)

맥더프 부인 어디로 피한담, 아무 잘못도 하지 않은 내가? 하지만 이제 돌이켜 생각하니, 여기는 속세로구나. 속세에선 악한 일이 흔히 칭찬받고, 착한 일이 때로는 위험한 바보짓이라고 여겨진다. 아! 그러니, 잘못을 한 적이 없다고, 여자의 입으로 아무리 변명을 해 보았자 무슨 소용이 있겠는가.

자객들 등장.

맥더프 부인 아, 당신들은 누구지?

자 객 주인은 어디 있어?

맥더프 부인 아마 네놈 같은 것들이 찾아낼 수 있는 더러운 곳에는 있지 않을 거다.

자 객 그자는 역적이다.

아 들 거짓말쟁이, 털보, 악당 같으니!

자 객 뭐라고, 이 자식이. (칼로 찌른다) 역적의 자식 같으니!

아 들 사람 죽이네, 어머니. 어머니는 어서 달아나세요. (죽는다)

맥더프 부인은 '살인이다.'라고 외치며 달아난다. 자객들이 쫓아
간다.

20

4막 3장

잉글랜드. 에드워드 참회 왕의 궁성 앞.
맬컴과 맥더프 등장.

맬 컴 어디 한적한 그늘을 찾아가서, 슬픈 가슴이 시원해지도록 울어나 봅시다.

맥더프 아니, 그보다도 용사답게 죽음의 칼을 들고 쓰러진 조국을 구합시다. 아침마다 새 과부가 통곡하고, 새 고아가 아우성치고, 새 비탄이 하늘에 울려 퍼지니 하늘은 스코틀랜드와 공감하듯 똑같이 비통한 소리로 울어대고 있습니다.

맬 컴 내가 믿는 일이면 슬퍼하겠소. 아는 일이면 믿겠소. 그리고 구제할 수 있는 일이면, 좋은 시기를 만나면 구제하겠소. 당신 말씀이 사실일지도 모르죠. 그 이름을 입에만 올려도 혀를 곪게 하는 저 폭군도, 한때는 정직한 인간이라 평가받던 사람이오. 당신도 전에는 그자를 퍽 존경했고, 그자 역시 당신에게는 손을 대지 않고 있소. 나는 나이 어린 사람이오. 그러나 나를 이용하면 그자의 환심을 살 수 있을 거요. 노한 신을 달래려면, 약하고 불쌍하고 죄 없는 양을 제물로 바치는 것이 현명한 방법이거든요.

맥더프 나는 배신하지 않습니다.

맬 컴 하지만 맥베스는 배신했소. 선량하고 유덕한 성품도 제왕의 위세 앞에서는 무너지게 마련이오. 그러나 용서하시오. 당신의 인품이 내 생각에 따라 변할 리는 없습니다. 가장 빛나는 천사가 타락해도 천사들은 여전히 빛나고 추한 것은 아무리 선한 가면을 쓸지라도 그 성품이 그대로 드러나죠.

맥더프 전 희망을 잃고 말았습니다.

맬 컴 그 점에서조차 나는 의혹을 느꼈소. 어떻게 그런 위험 속에다 처자를, 소중한 인정의 근원이자 애정의 강한 매듭을 버리고 왔소. 아무런 작별인사도 없이. 내 의심을 모욕으로는 생각하지 마시오. 이건 나의 자기방어일 뿐이니까요. 사실 내가 어떻게 생각하든 당신이 옳을지도 모르지요.

맥더프 불행한 조국아, 피를 흘려라. 피를! 무서운 폭정아, 지반을 튼튼히 다져라. 정의도 이제는 너를 저지하지 못하니 멋대로 포악스럽게 굴어라. 이제 네 권리는 확인되었다. 이만 물러가겠습니다, 왕자님. 저는 왕자님이 의심하는 그런 악인이 되고 싶지는 않습니다. 저 폭군이 쥐고 있는 전 국토와 풍요로운 동방을 다 준다 해도.

맬 컴 노하지 마시오. 당신을 의심해서 이런 말을 한 것은 아닙니다. 나 또한 조국이 압제에 짓눌려 울며 피를 흘리고, 이전의 만신창이에다 날마다 새로운 상처를 더해가고 있다고 생각하오. 한편 나를 위해 궐기할 사람들도 있으리라고 생각하오. 사실 인자하신 잉글랜드 왕께서 수천 명을 지원해 주시겠다는 제의도 했었소. 그럼에도 불구하고 내가 만약 이 폭군의 머리를 짓밟거나 내 칼에 꿰게 되면 불쌍한 내 나라는 후계자에 의해 더 많은 악덕을 경험하고 그 어느 때보다 더 다양한 방식으로 고통받게 될 거요.

맥더프 후계자라뇨?

맬 컴 나 자신 말이오. 내가 알고 있지만, 이 몸에는 온갖 악덕이 접목되어 있어서 그것들이 움트는 날이면 시커먼 맥베스도 눈처럼 순백하게 보일 것이오. 그리고 불행한 국민들은 그놈을 양같이 생각하게 될 것이오. 한없는 나의 악덕과 비교하여.

맥더프 무서운 지옥의 악마들 중에도, 악에 있어서 맥베스를 능가할 놈은 없습니다.

맬 컴 사실 그놈은 잔인하고 음탕하며 욕심 많고 거짓되고 잘 속이며 성급하고 사악하며 온갖 죄악이란 죄악은 몽땅 지니고 있는 놈이오. 그러나 내 색정으로 말하면 한도 끝도 없답니다. 남의 아내, 딸, 유부녀, 처녀들, 이 모두를 가지고도 내 정욕을 다 채우지는 못하오. 나의 욕망은 만족을 방해하는 장애물을 모조리 물리칠 것이오. 이러한 통치보다는 그래도 맥베스가 낫소.

맥더프 무절제한 방탕은 내면의 폭정으로 행운의 옥좌를 졸지에 비우게 하였고, 수많은 왕들을 몰락케 했지요. 그러나 당연한 권리를 행사하시는 데 두려워지는 마십시오. 쾌락을 얼마든지 은밀하게 만족시키면서 시치미를 딱 떼고 세상을 속일 수도 있잖습니까. 자진해서 응해 올 여자도 얼마든지 있습니다. 국왕의 의향을 눈치채면 스스로 몸을 바치는 여자는 부지기수, 아무리 탐해도 도저히 다 상대할 수는 없을 것입니다.

맬　컴　그뿐인가, 타고난 나쁜 근성 속에는 한없는 탐욕이 성장하여, 내가 왕이 되는 날엔 귀족들의 목을 베어 영지를 몰수하고 보석과 저택을 욕심낼 것이며 탐욕은 더욱더 기승을 부려 충신들을 대상으로 부당한 시비를 걸어서 충성스런 양민들을 파멸시키고 말 거요.

맥더프　그 탐욕은 여름철 같은 욕정보다 더 뿌리가 깊고 더 유독합니다. 사실 오늘날까지 숱한 국왕들이 탐욕이라는 칼에 쓰러지지 않았습니까. 하지만 염려 마십시오. 스코틀랜드에는 왕실 영지만으로도 왕자님의 욕망을 충족시킬 만한 자원은 있으니까요. 그런 건 다른 미덕으로 보상만 되면 문제될 게 없습니다.

맬　컴　하지만 그만한 미덕이 내겐 전혀 없소. 왕에게 어울리는 미덕, 가령 정의감, 진실성, 절제와 지조, 관대함, 불굴의 의지와 자비심, 겸손과 경건함, 인내심, 용기와 불굴의 정신은 전혀 없고 대신 죄악이란 죄악은 죄다 지녔으며 실제 여러 방면에서 범하고 있소. 내가 만일 집권하면 화합의 꿀물은 지옥으로 쏟아 붓고 안녕을 깨뜨리며 이 세상 모든 조화를 파괴하고 말 것이오.

맥더프　아, 스코틀랜드여!

맬　컴　이런 자가 통치할 자격이 있는지 어디 말해 보시오. 이 사람은 그러한 위인이오.

맥더프　통치할 자격이 있냐고요? 천만에! 살 자격조차 없소. 아, 가련한 백성! 피 묻은 홀을 쥔 찬탈자의 지배를 언제나 벗어나서 다시 편한 날을 볼 것인가? 왕실의 정통은 계승권을 스스로 저주하며 자기의 혈통을 능멸하고 있으니! 부왕께서는 성자 같은 국왕이었소. 그리고 생모, 왕후께서는 서 있는 시간보다 더 많이 신 앞에 꿇어앉아 내세를 위한 고행의 생활을 하셨소. 그럼, 안녕히 계십시오! 왕자님이 친히 고백하신 그 악덕들 때문에, 저는 스코틀랜드로부터 영영 추방되고 말았습니다. 아, 원통함이여. 이제는 희망도 끊어져 버렸구나!

맬 컴 맥더프, 정직성의 산물인 그 고귀한 비탄은 내 영혼에서 시커먼 의혹을 씻어 주었고, 내 마음은 당신의 진심과 명예를 믿게 되었소. 저 악마 같은 맥베스가 각종 술책으로 나를 손아귀에 넣으려고 꾀해 왔소. 그래서 나도 경솔히 사람을 믿지 않고 경계해 온 것이오. 그러나 하느님, 이젠 우리 두 사람의 증인이 되어 주시옵소서! 이제부터 나는 당신의 지도에 따르고, 방금 한 험담은 취소하겠소. 그리고 내가 나 자신에게 가한 결점과 비난은, 나의 본성과는 전혀 무관함을 이 자리에서 맹세하겠소. 나는 아직 여자를 모르는 동정이오. 위증은 해 본 적이 없소. 내 물건조차 탐내 보지 않았소. 신의를 깨본 적도 없소. 상대가 악마라도 배신하진 않았소. 진실을 생명처럼 애호하는 사람이오. 거짓말은 아까 그것이 생전 처음이오. 이 진실한 나를 이제 당신과 불행한 조국의 지시에 맡기겠소. 실은 당신이 이곳에 도착하기 전에 늙은 시워드가 장비를 갖춘 1만의 정예를 거느리고 이미 출동했소. 자, 우리도 같이 떠납시다. 성공의 기회가 우리의 대의명분과 일치하기를! 왜 아무 말이 없소?

맥더프 희망과 절망이 이렇게 동시에 찾아왔으니, 어떻게 조화시켜야 좋을는지요?

전의가 궁정에 등장한다.

맬 컴 그럼, 조금 후에 또 봅시다. (전의에게) 국왕께서 행차하시오?

전 의 예, 왕자님. 한 무리의 불쌍한 사람들이 폐하의 치료를 기다리고 있답니다. 그들의 병은 고명한 의술로도 효험이 없으나, 폐하께서 만지시면 신의 영험을 받으신 손인지라 환자는 곧 낫게 됩니다.

맬 컴 고맙소이다, 전의. (전의 퇴장)

맥더프 무슨 병 말인가요?

맬 컴 연주창이랍니다. 그 선왕이 행하는 비상한 기적을 나도 잉글랜드에 온 후 여러 번 목격했소. 어떻게 하여 그런 영험을 얻으셨는지는 왕 자신만이 알고 계십니다. 하여튼 괴상한 병에 걸려 차마 볼 수 없을 정도로 부어서 곪고, 의사도 속수무책인 환자들을 국왕은 치료하십니다. 환자의 목에 금화 한 개를 걸어 주고, 성스러운 기도를 해 주시고, 그리고 듣자하니 이 복된 치유법은 대대로 국왕에게 물려진다 하오. 이 신통력 외에도 하늘이 준 예언의 능력도 지니시고, 또 갖가지 축복이 옥좌에 내리니 이는 국왕이 신의 축복을 받고 계신 증거입니다.

로스 등장.

맥더프 저기 누가 오는군요.

맬 컴 우리나라 사람인데 누군지는 모르겠소.

맥더프 아, 누구시라고. 잘 오셨소.

맬 컴 아, 이제야 알았소. 선하신 하느님, 우리 동포 사이를 소원케

하는 원인들을 속히 제거해 주소서!

로 스 아멘!

맥더프 스코틀랜드는 여전하오?

로 스 아, 비참한 조국. 못 알아볼 지경이오! 모국이라기보다는 무덤이라 할 수밖에 없는 그곳에선 천치가 아니고는 누구 하나 웃는 얼굴을 보이는 사람이 없습니다. 하늘을 찢는 탄식과 신음과 규탄에도, 아무도 관심을 갖지 않습니다. 격심한 비탄도 흔해 빠진 감정 같소. 조종(弔鐘)이 울려도 누가 죽었는지 물어보는 사람조차 없고, 선량한 사람들의 목숨은 모자에 꽂은 꽃보다 쉽게 시들고, 병도 걸리지 않은 사람들이 죽어 갑니다.

맥더프 아, 그 얘긴 너무나 분명한 사실이오!

맬 컴 최근에 발생한 가장 비참한 참사는?

로 스 한 시간 전의 참사를 얘기하는 사람은 조롱을 당합니다. 1분마다 새로운 참사가 일어나고 있기 때문이죠.

맥더프 내 아내는?

로 스 무사하십니다.

맥더프 애들은?

로 스 다 잘 있소.

맥더프 폭군도 내 처자의 평화를 깨뜨리지는 않았군요?

로 스 예, 다 무사합니다. 나와 작별할 때까지는.

맥더프 왜 그렇게 인색하게 말씀하시오? 대체 상황이 어떻게 되어 가고 있소?

로 스 제가 슬픈 소식을 듣고 이곳에 올 때 들은 소문인데, 수많은 의사(義士)들이 궐기했답니다. 현재 폭군의 병력이 출동한 것을 보아도, 이 소문은 분명 사실일 것입니다. 지금이 도와야 할 때입니다. 왕자님께서 모습을 나타내시기만 하시면 군사들이 모이고 심지어 여자들까지 싸울 것입니다. 비참한 고통에서 벗어나기 위해.

맬 컴 우리가 갈 테니 안심하라고 이르시오. 인자하신 잉글랜드 왕은 명장 시워드와 1만의 병력을 지원해 주셨소. 그보다 더 노련한 명장은 기독교권에서 나온 적이 없답니다.

로 스 아아, 뜻밖의 기쁜 소식에, 같은 기쁜 소식으로 화답할 수 있다면 얼마나 좋겠습니까? 그러나 제 소식은 사막의 허공에서나 외쳐야 할 성질의 것입니다.

맥더프 대체 무슨 소식이오? 만인의 관심사요, 아니면 개인사에 관한 것이오?

로 스 정직한 사람이면 누구나 나눠가질 비애지만 그러나 주로 당신에 관한 것입니다.

맥더프 나에 관한 것이라면 숨기지 말고 어서 말씀해 주시오.

로 스 당신의 귀로 제 혀를 원망하지 마시기를! 이제 한 번도 들어보지 못한 슬픈 소식을 알려드리려 합니다.

맥더프 음, 짐작하겠소.

로 스 당신의 성은 습격당했고 부인과 어린 자제들은 참살당했습니다. 그 광경을 설명하는 것은 마치 참살당한 사람들의 시체 위에 당신의 시체까지 쌓는 격이 될 것입니다.

맬 컴 아, 하느님! 이것 보시오. 그렇게 모자로 얼굴을 가리지 말고 슬픔을 토하시구려. 슬픔을 감추기만 하면 마침내 가슴속에서 터지고 마니까.

맥더프 어린것들까지?

로 스 네, 부인과 아이들, 하인 등 눈에 띄는 건 모조리.

맥더프 그런데도 나는 그곳을 떠나 있어야 했으니! 아내도 참살당했다고?

로 스 예, 그렇습니다.

맬 컴 진정하시오. 자, 위대한 복수의 약을 조제해서 죽음 같은 이 비탄을 치료합시다.

맥더프 음, 그자에겐 자식이 없어요. 귀여운 애들을 모조리? 오, 지옥의 솔개 같으니! 모조리? 귀여운 병아리와 어미닭을 일격에 채가다니.

맬 컴 남자답게 참으시오.

맥더프 참으리다. 하지만 남자 역시 슬퍼할 수 있어요. 내게 그들은 보배 같은 것들이었다는 사실을 돌이켜 생각하지 않을 수 없구려. 하늘은 묵묵히 방관만 하셨단 말인가? 죄 많은 맥더프! 나 때문에 모두들 참살당하지 않았는가! 나는 나쁜 놈이다. 내 죄 때문에 그런 일이 생긴 것이다. 신이여, 그들의 영혼에 안식을 내리소서!

맬 컴 이 일을 칼로 갈고, 슬픔을 분노로 돌리시오. 마음이 무뎌지지 않도록 분발시키시오.

맥더프 아, 눈으로는 여자처럼 울고, 혀로는 허풍쟁이처럼 떠들 수만 있다면 얼마나 좋겠소! 하지만 하느님, 한시도 지체함 없이 저를 저 스코틀랜드의 악마와 맞서게 해 주옵소서. 제 칼끝에 그를 놓아 주시되 만약 그자가 제 칼을 피한다면 그때는 용서해 주십시오!

맥베스 221

맬 컴 참으로 대장부다운 말씀이오. 자, 폐하께 가봅시다. 군대는 출동 대기 중이오. 이제 작별인사만이 남았소. 맥베스는 무르익을 대로 익었으니 흔들기만 하면 떨어질 것이오. 하늘의 천사들도 우리를 격려하고 있소. 기운을 냅시다. 아무리 긴 밤이라도 새벽은 옵니다. (퇴장)

맥베스

5막

21

5막 1장

던시네인 성의 한 방.
전의와 시녀 등장.

전 의 이틀 밤을 함께 지켜보았으나 당신의 보고가 진짜인지 확인할 수가 없소이다. 대체 왕비께서 그렇게 걸어다닌 것은 근래 언제였소?

시 녀 폐하께서 출정하신 후인데, 왕비님께서는 침상에서 일어나시어 잠옷을 걸치시고는 무엇을 쓰신 다음 봉인한 후 다시 침상으로 돌아가셨어요. 그런데 그 모든 일을 하시면서도 아주 깊은 잠에 들어 있었어요.

전 의 심신에 큰 이상이 있나 보오. 수면의 은혜를 받는 동시에 깨어 있는 것 같은 행동을 하시다니! 그런데 그 몽유 상태로 걸어다니면서 여러 가지 일들을 하실 때에, 혹시 무슨 말씀하시는 걸 들은 적은 없소?

시 녀 예, 하지만 말씀드리기 거북한 내용이에요.

전 의 내게야 상관없잖소, 얘기를 하시죠.

시 녀 안 돼요. 제 얘기를 확인해 줄 사람이 없는 한 전의가 아니라 그 누구에게도 못 합니다.

맥베스 부인, 촛불을 들고 등장.

시 녀 저것 보세요, 나타났습니다! 바로 저런 모양이에요. 정말이지 비몽사몽간이라니까요. 몸을 숨기고 잘 보세요.

전 의 저 촛불은 어떻게 가져왔지요?

시 녀 머리맡에 있는 촛불이에요. 머리맡에 켜 두라고 분부하셨거든요.

전 의 저것 봐요, 눈은 뜨고 있군.

시 녀 예, 하지만 의식은 없어요.

전 의 대체 지금 뭘 하는 거요? 봐요, 계속 저렇게 손을 문지르고 계시는데.

시 녀 저렇게 늘 손을 씻는 시늉을. 저런 행동을 15분 정도 계속할 때도 있어요.

맥베스 부인 아직도 여기에 흔적이.

전 의 가만, 말을 하시는군! 하시는 말씀을 적어 둬야겠어, 기억을 충분히 뒷받침하기 위해서.

맥베스 부인 지워져라, 망할 흔적 같으니! 지워지라니까! 하나, 둘, 2시다. 이제 단행할 시간이다. 지옥은 캄캄하기도 하네! 아니,

여보, 군인이 겁을 다 내십니까? 누가 알까 봐 겁낼 건 없어요. 우리의 권력에 시비 걸 자는 이 세상에 없어요. 하지만 그 늙은이가 그렇게 피가 많을 줄이야 누가 생각인들 했겠어요?

전 의 (시녀에게) 듣고 있소?

맥베스 부인 파이프 영주에게는 아내가 있었는데, 그 부인은 지금 어디 있을까? 아, 이 손은 도저히 말끔히 씻어지지 않는단 말인가? 그만두세요. 이제 제발 그만두세요. 그렇게 겁을 내시면, 일을 다 망치고 만다니까요.

전 의 저런, 알아서는 안 될 일을 알고 말았군.

시 녀 해서는 안 될 말씀을 하시고 있어요. 그것은 알 만한 사람은 다 알 내용입니다.

맥베스 부인 아직도 피비린내가 나요. 아라비아산 온갖 향수를 가지고도 이 작은 손 하나 말끔히 씻어내지 못하는구나. 아! 아! 아!

전 의 무슨 탄식이 저러실까! 마음이 무거우신 모양이군.

시 녀 온몸에 여왕의 권위를 가진다 해도, 가슴에 저런 마음을 지니고 싶지는 않아요.

전 의 그렇지…….

시 녀 부디 낫게 해 드리세요, 선생님.

전 의 이 병은 내 힘으로는 고칠 도리가 없구려. 하긴 몽유병자 중에도 편안히 운명한 분들이 없지는 않습니다만.

맥베스 부인 손을 씻고 잠옷을 입으세요. 그렇게 질린 얼굴 하지 마시고. 뱅코는 이미 파묻힌 사람이라니까요. 무덤에서 살아나올 순 없잖아요.

전 의 그런 일을?

맥베스 부인 자, 침실로. 누가 성문을 노크하고 있군요. 자, 자, 손을 이리. 저질러 버린 일은 이제 어쩔 수 없잖아요. 자, 침실로 가서 쉽시다.

전　의 이젠 침실로 가시는가요?

시　녀 예, 곧장.

전　의 흉한 소문이 퍼지고 있소. 순리를 어기면 부자연스런 혼란이 생기게 마련이오. 병든 마음은 귀 없는 베개에다 심중의 비밀을 누설하는 법. 왕비에게는 의사보다도 목사가 더 필요하오. 하느님, 우리 가엾은 인간들을 용서하시옵소서! 잘 보살펴 드리시오. 위험한 도구일랑 곁에 두지 말고 항상 지켜보시오. 그럼, 편안한 밤 보내시오. 내 의식은 희미하고 눈은 흐려졌소. 생각은 있어도 말할 수는 없구려.

시　녀 선생님도 편안한 밤 되세요. (퇴장)

22

5막 2장

던시네인 부근의 시골.
북과 군기를 든 병사들에 이어 맨티스, 케이스네스, 앵거스, 레녹
스, 병사들 등장.

맨티스 잉글랜드 군대가 다가오고 있소. 그 선봉에는 맬컴과 그의 숙
부 시워드, 그리고 용감한 맥더프가 있소. 복수심에 불타고 있는
그분들의 사무친 원한을 안다면, 차디찬 시체라도 분기하여 처참
한 공격에 참가할 거요.

앵거스 아마 버남 숲 근처에서 우리와 만나게 될 것 같소. 저 길로 진
격해 오는 걸 보니.

케이스네스 도날베인 왕자가 혹시 그 형님과 같이 있는지 아는 사람
있소?

레녹스 분명히 함께 있지는 않소. 귀족들의 명단이 내게 다 있는데 그

중에는 시워드 장군의 아들과 아직 수염도 나지 않은 수많은 젊은
이들이 끼어 있소.

맨티스   폭군의 정세는?

케이스네스   던시네인 성의 방비를 강화하고 있다고 하오. 어떤 이는
미쳤다고 말하고 그를 덜 증오하는 사람들은 그것을 만용의 광기
라고 하지만, 분명한 건 그 광란한 마음을 자제심의 혁대 안에 죄
어둘 수 없다는 사실이오.

앵거스   이젠 그도 은밀한 살인에서 손을 뗄 수 없다는 걸 느낄 거요.
지금 시시각각 반란이 일어나 그의 반역을 꾸짖고 있소. 그의 휘하
에 있는 군인들은 할 수 없이 명령에 움직이고 있을 뿐, 결코 충성
심에서가 아니오. 지금은 그도 거인의 옷을 난쟁이가 훔쳐 입은 격
으로 왕의 칭호가 몸에 헐렁함을 느낄 것이오.

맨티스   하긴 그자의 괴로운 마음이 위축되고 질겁하는 것도 무리는
아니죠. 자신의 마음 자체가 자기 존재를 저주하는 판이니까.

케이스네스   자, 그럼 진군하여 정당한 분에게 충성을 바칩시다. 병든
이 나라를 치유할 국왕을 어서 만나, 그분과 더불어 나라를 정화하
기 위하여 최후의 한 방울까지 우리의 피를 바칩시다.

레녹스   예, 우리의 피를 남김없이 바쳐 군주의 꽃을 이슬로 적시고,
잡초를 송두리째 없애버립시다. 자, 그럼 버남으로 진군! (진군하며
퇴장)

23

5막 3장

던시네인 성의 안뜰.
맥베스, 전의, 시종들 등장.

맥베스 보고는 이제 그만해라. 달아날 놈은 모두 달아나라. 버남의 숲
이 던시네인 언덕으로 오기 전엔, 두려울 게 없다. 애송이 맬컴이
다 뭐냐? 그놈 역시 여자 몸에서 태어나지 않았는가! 인간의 운명
을 다 알고 있는 정령들이 내게 확언한 바가 있다. '염려 마라, 맥
베스. 여자의 몸에서 태어난 자 중에서 맥베스를 해칠 자는 없느니
라.'라고. 그러니 믿지 못할 영주들아, 멋대로 달아나서 잉글랜드
의 놈들과 한패가 되려무나. 늠름한 내 기상과 내 심장은 절대로
의심이나 불안 따위에 떨지 않는다.

시종 등장.

맥베스 악마가 검게 태울 그 희뿌연 상판대기! 어디서 그따위 거위 같은 얼굴을 주워 왔어?

시 종 저기에 약 1만 명의…….

맥베스 거위라고?

시 종 적의 군사입니다.

맥베스 네 낯짝을 찔러서 얼굴에 피라도 통하게 해. 겁쟁이놈 같으니. 무슨 군사 말이냐, 못난 놈아? 죽어 버려! 그 창백한 낯짝은 겁이 난 증거지 뭐냐. 무슨 군사 말이냐, 낯짝이 창백한 녀석아?

시 종 잉글랜드 군대입니다.

맥베스 그 낯짝 보기 싫다. 썩 꺼지지 못해. (시종 퇴장) 여봐라, 시튼! (명상에 잠겨서) 속이 메스껍다니까. 그런 낯짝을 보면—여봐라, 시튼, 거기 없느냐?—이번 일전으로 나는 영원한 기쁨을 누리거나 몰락을 당하거나 둘 중 하나다. 이제는 살 만큼 살았어. 내 생애도 시든 낙엽이다. 더구나 노년의 벗이라 할 명예도 애정도 복종도 진정한 친구도 나와는 전혀 인연이 없다. 그런 것들 대신에 낮지만 깊은 저주, 입에 발린 아첨 따위가 달라붙는데, 물리치고 싶어도 마음이 약해서 어디 물리칠 수가 있어야지. 여봐라, 시튼!

　시튼 등장.

시 튼 부르셨습니까?

맥베스 별다른 소식은?

시 튼 보고된 건 다 사실로 판명되었습니다.

맥베스 음, 그럼 싸워야지. 이 뼈에서 살이 다 깎여 나갈 때까지. 갑옷을 줘.

시 튼 아직 그렇게까지 하실 필요는 없습니다.

맥베스 아니다, 입을 테다. 기마병을 더 보내서 전국을 뒤져라. 비겁한 놈들은 교수형에 처해 버려라. 당장 갑옷을 가져오라니까…….
(시튼, 갑옷을 가지러 나간다) 전의, 환자의 상태는 어떠한가?

전 의 예, 병환이라기보다는 격심한 망상에 시달려서 안식을 얻지 못하는가 봅니다.

맥베스 그러기에 그걸 고쳐달라는 거요. 그래 마음의 병을 치유할 수는 없단 말이오? 뿌리 깊은 근심을 기억에서 뽑아내고, 뇌수에 찍힌 고뇌를 지워 줄 수는 없단 말이오? 상쾌하고 감미로운 망각의 잠자리에 들어서, 마음을 짓누르는 위험한 것들을 답답한 가슴에서 없애 줄 좋은 약은 없단 말이오?

전 의 그 점은 환자 자신이 치유해야 합니다.

시튼이 갑옷을 들고 무기 담당자와 함께 등장. 무기 담당자는 곧 맥베스에게 갑옷을 입히기 시작한다.

맥베스 의술 따위는 개에게나 던져 버려, 내게는 필요 없으니. 자, 갑옷을 입혀 다오. 지휘봉을 이리 주고. 시튼. 군대를 파견해라. 전의, 영주들이 도주하고 있어. 자, 어서 입혀……. 전의, 당신의 힘으로 이 나라를 검뇨(檢尿)하고, 병을 찾아내어 독을 완전히 씻어내고 다시 회복시킬 수 있다면 나는 당신을 찬양하겠소. 그 찬양의 소리가 메아리로 울리고, 그 메아리가 다시 이쪽으로 울릴 정도로 ─ 그것을 벗기라니까 ─ 대황(大黃)이나 센나(완화제), 또는 다른 어떤 설사제를 써서라도 잉글랜드 놈들을 이곳에서 쓸어낼 도리는 없을까? 그놈들에 관한 소문은 들었소?

전 의 예, 들었습니다. 폐하의 전쟁 준비를 보고 저희들도 소문을 들었습니다.

맥베스 그 갑옷은 나중에 가져와. 이제는 죽음도 파멸도 무섭지 않아. 버남 숲이 던시네인으로 옮겨오지 않는 한. (맥베스 퇴장. 시튼은 무기 담당자와 함께 뒤따라 퇴장)

전 의 어서 이 던시네인에서 탈출했으면. 그렇게만 되면 아무리 부귀영화가 생긴다 해도 다시는 이곳으로 돌아오지 않겠다. (퇴장)

24

5막 4장

버남 숲 부근의 시골.

북과 군기. 맬컴, 시워드, 맥더프, 시워드의 아들, 맨티스, 케이스
네스, 레녹스, 로스, 병사들 진군하며 등장.

맬 컴 여러분, 이젠 자기 집에서 편히 쉴 날도 머지않은 것 같소.

시워드 저기 저 숲은?

맨티스 버남 숲이오.

맬 컴 병사들에게 각자 나뭇가지를 하나씩 꺾어서 앞에 들게 합시
다. 그렇게 하면 이쪽 병력은 숨겨지고, 적의 척후병은 오보를 가
져갈 것이오.

병 사 알겠습니다.

시워드 추측건대 자신만만한 폭군은 던시네인 언덕을 지키며 우리의
공격을 기다리고 있는 모양이오.

맬　컴　그것만이 그놈의 유일한 희망이거든요. 기회만 있으면 상하가 다 반란을 일으키고 있으니까. 이제는 어쩔 수 없이 붙어 있는 자들 밖에 없는데, 그자들의 마음 역시 그에게서 떠났소.

맥더프　그 판단이 옳은지는 결과에 맡기고 우리는 군인의 직분을 다합시다.

시워드　때가 오고 있소. 우리의 예상과 전과(戰果)를 정확히 심판하여 알려 줄 때가. 흔히 불확실하게 희망적인 관측을 하지만, 확실한 결과는 전투가 판정할 것이오. 자, 전투를 향해 진군합시다. (모두 진군하면서 퇴장)

25

5막 5장

던시네인 성 안의 안뜰.
맥베스, 시튼, 북과 군기 등을 든 병사들 등장.

맥베스 군기를 바깥 성벽에 매달아라. '적이 온다!'고 줄곧 외치는 저
함성. 이 성은 난공불락. 포위가 다 뭐냐, 기아와 질병에 다 잡아먹
힐 때까지 내버려 둬라. 우리 쪽에 있어야 할 자들이 그놈들과 합
세하지 않았던들, 수염에 수염을 맞대고 격퇴시킬 수 있었을 텐데.
(안에서 여자들의 통곡 소리) 저 소리는 뭐지?

시 튼 부인들의 울음소립니다. (퇴장)

맥베스 나는 이제 공포도 거의 다 잊어버렸다. 밤에 비명소리를 들으
면 오감이 서늘해지던 때도 있었지. 무서운 이야기를 들으면 머리
칼이 살아있는 양 곤두서던 때도 있었어. 공포는 실컷 맛본 나다.
이젠 살인의 기억도 예사가 되고, 아무리 무서운 일에도 나는 끄덕

하지 않아.

시튼 다시 등장.

맥베스 무엇 때문에 우는 거지?

시 튼 왕비님께서 운명하셨습니다.

맥베스 지금이 아니라도 어차피 죽어야 할 사람. 한 번은 그런 소식을 들어야 할 것이 아닌가. 내일, 내일, 또 내일은 날마다 옹졸한 걸음으로 하루하루 기록된 시간의 최후까지 기어가고, 우리의 지난날은 바보들의 죽음을 향한 길을 비춰 왔거든. 꺼져라 꺼져, 짧은 촛불아! 인생이란 그저 걷고 있는 그림자에 불과한 것. 배우처럼 무대 위에서 활개치고 안달하다가 사라져버리는 것. 글쎄 백치가 떠드는 이야기 같다고나 할까. 고래고래 소리를 지른다. 아무 의미도 없이.

사자 등장.

맥베스 혓바닥을 놀리러 왔구나, 냉큼 말해 봐라.

사 자 폐하, 이 눈으로 확실히 본 일을 아뢰겠습니다. 그러나 어떻게 아뢰어야 좋을지는…….

맥베스 음, 말해 보거라.

사 자 소인이 언덕 위에 서서 버남 쪽을 바라보고 있는데, 느닷없이 숲이 움직인 듯싶었습니다.

맥베스 고얀 거짓말쟁이 같으니!

사 자 사실이 아니라면 어떠한 노여움이라도 달게 받겠습니다. 3마
일 이내의 지점에서 확실히 이쪽으로 오고 있습니다. 하여튼 숲이
움직이며 다가오고 있습니다.

맥베스 거짓말이라면 근처 나무에다 너를 산 채로 매달아 굶어죽게
할 테다. 네 말이 사실이라면, 네가 나를 그렇게 해도 좋다. 내 결
심이 흔들리는구나! 악마들이 그럴듯하게 참말같이 꾸며대어 거
짓말을 한 게 아닐까? '염려 말 것, 버남 숲이 던시네인에 오지 않
는 한' 이라고……. 그런데 지금 숲이 던시네인으로 온다잖는가.
무기를, 무기를! 자, 출격이다! 저놈이 한 말이 사실이라면 이젠
피할 수도 지체할 수도 없다. 이젠 태양도 보기 싫어졌어. 이 세상
이 아주 끝장나 버렸으면! 경종을 울려라! 바람아, 불어라! 파멸이
여, 오라! 적어도 무장은 갖추고 죽으리라. (허둥지둥 퇴장)

26

5막 6장

던시네인 성문 앞.

북과 군기. 맬컴, 시워드, 맥더프, 휘하 군대, 나뭇가지를 앞에 들고 등장.

맬 컴 자, 다 왔소. 이제는 나뭇가지의 위장물들을 다 내던지고 본래의 모양을 나타내시오. 숙부님은 저의 사촌인 아드님과 더불어 제1진을 지휘해 주십시오. 맥더프와 저는 작전 계획대로 그 나머지를 맡겠습니다.

시워드 잘 가오. 오늘밤 폭군 군대를 만나면 최후까지 분전해야 할 테니.

맥더프 나팔을 불어라, 힘차게. 혈투와 살육을 요란하게 연주하는 나팔을 불어라.

나팔을 불며 진군.

27

5막 7장

같은 장소.
맥베스, 성에서 나온다.

맥베스 나는 말뚝에 매어져 있는 격이다. 도망칠래야 도망칠 수도 없
다. 이젠 곰처럼 싸워야만 하겠구나. 대관절 어떤 놈이 여자 몸에
서 태어나지 않았단 말이냐? 그놈밖에 난 무서운 놈이 없다.

젊은 시워드 등장.

젊은 시워드 네 이름은 뭐지?
맥베스 들으면 넌 놀랄 거다.
젊은 시워드 천만에. 지옥의 악마보다 더 무서운 이름을 대도 무서울
건 없다.

맥베스 내 이름은 맥베스다.

젊은 시워드 악마가 내 귀에 자기 이름을 대도 이보다 더 미워할 이름은 없을 거다.

맥베스 그렇다. 정말 무서운 이름이지.

젊은 시워드 거짓말 마, 흉악한 폭군아! 이 칼로 네 거짓말을 증명해 보이리라. (두 사람 맞싸운다. 젊은 시워드 살해당한다)

맥베스 너도 여자한테서 난 놈이다. 난 그런 놈이 휘두르는 칼이라면 모두 우습다.

맥베스 퇴장. 안에서 싸우는 소리, 맥더프 등장.

맥더프 저쪽이 소란하군. 폭군아, 얼굴을 드러내라. 네가 죽더라도 내 칼에 죽지 않으면, 나는 처자의 망령한테 영원히 괴롭힘을 받을 것이다. 고용되어 창을 든 비참한 민병을 베어서 무엇하랴. 맥베스, 네놈이 상대가 아니면 칼날이 명분을 잃고 칼집에 다시 들어갈 수밖에. 저기 있나 보다. 저 요란한 소리는 어떤 큰 놈이 있다는 증거. 운명이여, 그놈을 만나게 해 다오! 그 이상은 더 바라지도 않을 테다. (맥베스를 쫓아 퇴장. 경종 소리)

맬컴과 늙은 시워드 등장.

시워드 이쪽이오. 성은 간단히 함락되었소. 폭군의 부하들은 두 파로 분열되어 맞싸우고, 영주들도 분전 중이오. 왕자님의 승리가 거의 확실해져서 이젠 할 일도 없는 것 같습니다.

맬 컴 적병들을 만났는데, 다들 마지못해 싸우는 형편이오.

시워드 자, 이제 입성하시지요. (모두 성 안으로 들어간다. 경종 소리)

28

5막 8장

같은 장소.
맥베스 등장.

맥베스 왜 내가 로마의 못난이들처럼 자결을 해야 하지? 살아있는 한
눈에 띄는 대로 멋지게 베어 줄 테다.

맥더프 뒤를 쫓아 등장.

맥더프 지옥의 마귀 같으니, 돌아서라.

맥베스 모든 적들 중에서 너만은 피해 왔다. 도망가라, 자. 내 영혼은
이미 네 일족의 피로 너무 무겁다.

맥더프 말할 필요도 없다. 이 칼이 내 말을 대신하리라. 말로는 다 형
용하지 못할 극악한 악당 같으니! (두 사람 맞싸운다. 경종 소리)

맥베스 헛수고 마라. 이 몸은 칼이 통하지 않아. 허공에 칼자국을 낼 수 있는 예리한 칼로 벤다면 몰라도. 그 칼로 칼날이 들어가는 머리나 내리쳐라. 내 생명에는 마력이 들어 있어서, 여자가 낳은 놈한테는 절대로 지지 않는다.

맥더프 그까짓 마력은 단념해. 네가 늘 믿어 온 마녀한테 물어보면 알겠지만, 이 맥더프는 달이 차기 전에 어머니 배를 가르고 나온 사람이다.

맥베스 그 따위 말을 하는 혓바닥은 저주나 받아라! 그 말 한마디에 내 기백은 꺾이고 말았어. 못된 악마들 같으니라고, 이젠 아무도 믿지 말아야지. 이중의 의미로 사람을 속여 약속을 지키는 척하다가 막판에 가서는 깨뜨리다니. 맥더프, 너와는 싸우기 싫다.

맥더프 비겁한 자야, 살려 줄 테니 어서 항복해서 세상의 웃음거리나 되어라. 네 그림을 희귀한 괴물인 양 장대에 매달고, 그 아래에다 '폭군을 보라.'고 써 붙이겠다.

맥베스 누가 항복할까 보냐! 풋내기 맬컴의 발목 아래에서 땅을 핥고, 온갖 놈들의 저주에 놀림감은 되지 않을 테다. 버남 숲이 던시네인 언덕으로 오기는 했지만, 그리고 대적하는 네놈이 여자가 낳지 않았다지만 난 끝까지 해 보겠다. 네 앞에다 이렇게 방패를 내던지겠다. 자, 덤벼라, 맥더프. 도중에 먼저 '항복' 하고 우는 소릴 하면 지옥행이다. (두 사람이 성벽 아래에서 결전, 결국 맥베스가 살해되고 만다)

29

5막 9장

성 안.
전투 중지의 나팔 소리. 고수 및 기수, 맬컴, 시워드, 로스, 영주들
과 병사들 등장.

맬 컴 지금 이 자리에 보이지 않는 전우들이 무사하길 빕니다.

시워드 약간의 희생은 부득이한 일이오. 이만한 대승에 이 정도의 희
생은 적다고 할 수 있습니다.

맬 컴 맥더프가 보이지 않는구려. 그리고 시워드 장군의 아드님
도…….

로 스 아드님은 군인의 부채를 청산하셨답니다. 그분은 이제 겨우
성년의 나이가 되었지만 결코 물러나지 않고 분전하여, 용감한 대
장부임을 입증하자마자 용사답게 전사하셨습니다.

시워드 전사했다고?

로 스 예, 유해는 이미 옮겨 놓았습니다. 전사의 슬픔을 자식의 죽음
으로 계량하지 마십시오. 그렇게 되면 슬픔은 한이 없습니다.

시워드 상처는 정면에 입었던가요?

로 스 예, 이마에.

시워드 아, 그렇다면 하느님의 용사로다! 머리카락 수만큼 자식들을
많이 가졌다 해도 그보다도 더 장한 죽음을 바라진 않겠소. 자, 조
종은 울렸소?

맬 컴 그의 죽음은 그보다 더 슬퍼할 가치가 있습니다. 내가 대신 애
도의 뜻을 표하겠습니다.

시워드 이것으로 충분하오. 용감히 싸워 기사의 의무를 다했으니 됐
습니다. 오직 신의 가호를 빌 뿐이오! 저기 기쁜 소식을 또 가져오
는가 봅니다.

맥더프, 맥베스의 머리를 장대에 꿰어 들고 등장.

맥더프 국왕 만세! 이젠 국왕이십니다. 보십시오. 왕위 찬탈자의 가
증스런 머리입니다. 이제는 천하태평. 진주 같은 이 나라의 장수
들은 지금 폐하의 주위에 모여, 저와 같은 환호를 마음속으로 외치
고 있습니다. 자, 다들 같이 큰 소리로 외칩시다. 스코틀랜드 국왕
만세!

모 두 스코틀랜드 국왕 만세! (우렁찬 나팔 소리)

맬 컴 과인은 시일을 지체하지 않고 여러분의 충성을 각각 헤아려서
응분의 보답을 할 작정이오. 나의 영주들과 친척, 지금 여러분을
백작으로 봉하노니, 이는 스코틀랜드가 처음 수여하는 칭호가 되

겠소. 이제 앞으로 시국에 맞추어 새로 확립시켜야 할 일들, 가령 경계가 엄한 폭군의 함정을 피하여 해외로 망명한 친구들을 불러 온다든가, 참수된 이 폭군과 난폭하게 제 손으로 생명을 끊었다는 마귀 같은 왕비의 잔학한 수하들을 잡아내는 일들, 그 밖의 모든 필요한 일들을 신의 가호 아래 수단과 시간과 장소를 가려 실행하 겠소. 끝으로 여러분 모두에게, 그리고 한분 한분께 감사하오. 그 럼, 스콘에서 거행될 대관식에 참석해 주기 바라오. (우렁찬 나팔 소 리. 모두 행진하며 퇴장)

작품 해설 및 작가 연보

세익스피어(1564~1616)

작품 해설

시적 상상력으로 극을 읽는다

영국의 위대한 시인이며 극작가인 윌리엄 셰익스피어(William Shakespeare)는 1564년 4월 23일, 스트랫퍼드어폰에이번이라는 작은 마을에서 존 셰익스피어와 메리 아든의 장남으로 태어났다. 부친은 그가 4세 때 마을의 읍장을 지내기도 했던 유력가로, 옥수수·양모·육류·피혁 같은 여러 가지 상품을 파는 상인이었다.

14세가 될 때까지 셰익스피어는 당대에는 특수층 자제들만 입학이 가능했던 문법학교에 다녔는데, 그곳에서 라틴어와 헤브라이어를 배울 수 있었다. 이는 그로 하여금 서양 고전을 섭렵할 수 있는 기회를 마련해 준 것이다.

소년 시절의 셰익스피어는 워릭셔(Warwickshire)의 초원을 산책하며, 오두막집에서 할머니와 잡담을 하는 등 다양한 경험을 통해 자연에 대한 심오하고 확실한 통찰력, 고향의 민속 등에 대한 풍부한 지식을 얻기도 했다.

18세의 1582년 가산이 급격히 기울어져 가고 있음에도 불구하고, 고향 마을 근처에 살던 여덟 살 연상인 앤 해서웨이와 결혼했다. 그 결혼이 성급했고 불행했다는 것은 자서전적 색채가 농후한 그의 희곡들에 담긴 여러 구절들을 통해 알 수 있으며, 그의 일반적인 인생 행로로부터 추측되어지고 있다.

1585년과 1587년 사이에는 고향을 떠나 런던으로 갔다. 어떤 사정으로 상경을 해서 극단에 들어갔는지는 확실치 않다. 그는 런던의 극장 중에서 가장 오래된 '시어터(Theatre)'라는 극단과 인연을 맺게 되었고, 여기에서 그 자신을 배우이면서 옛 희곡들의 가필자로서 없어서는 안 될 중요한 존재로 만들어 놓았다. 런던에서 셰익스피어의 생활에 관한 외적 사실 중 우리에게 알려진 바는 많지 않다. 다만 그의 사우썸튼 백작과의 우정과 자신의 사업 문제에 대한 용의주도한 지휘, 그리고 극작가로서의 그의 인기와 명성 등이 전해지고 있을 따름이다.

셰익스피어의 실질적인 재산의 기반은 그의 친구이자 후원자인 젊은 사우썸튼 백작의 하사품에 의한 것이다. 그러나 그가 자기 자신을 위해 상류 계급의 특권과 그 위엄에 보탬이 될 수 있는 넓은 토지와 더불어 자기 고향에 가장 훌륭한 주택지를 소유할 수 있었던 것은 극단

'글로브'와 '블랙프라이어스'에서 그가 벌어들인 수입에 의해서다.

50세에 가까워질 무렵, 그는 극작가로서 은퇴하고 조용한 시골에서 남은 여생을 자기 아내와 그의 딸 주디스와 함께 보내다, 1616년 62세의 나이로 생애를 마친다.

그는 유언장에 자기 희곡들을 언급하지 않고 있다. 그가 사망한 지 7년이 지난 1623년에 그의 친구들 손으로 최초의 셰익스피어 전집 《제1·2절본》이 편찬되었고, 벤 존슨(Ben Jonson)은 이에 붙이는 송시(訟詩)에서 '셰익스피어는 한 세대의 것이 아니고 만대의 것이다.'라고 높이 평가했으며, 정말 셰익스피어의 인기는 생시부터 오늘날에 이르기까지 쇠퇴하지 않고 변함없이 계속되고 있다.

작가 연보

1564년 영국 스트랫퍼드어폰에이번에서 출생.

1582년 앤 해서웨이와 결혼.

1583년 첫 아이가 태어난 후 곧 죽음.

1585년 쌍둥이 남매 햄넷과 주디스가 태어남.

1586년 스트랫퍼드어폰에이번 떠남. 이때부터 1592년 런던에 거
주한 것이 확인될 때까지 행방이 묘연함.

1589년 런던의 극단과 계약을 맺음.

1590년 〈헨리 6세〉를 집필하기 시작하여 다음해에 완성.

1592년 극장에서 활약. 〈리차드 3세〉를 집필 시작해서, 1593년에
완성. 1597년에 출판. 〈비너스와 아도니스〉를 집필하여
1593년에 발표함. 〈더 코메디 어브 에러스〉를 1594년까지
쓰고 1623년에 활자화됨.

1593년 〈소네츠〉를 써서 1594년에 발표함. 〈더 레이프 오브 루크
리스〉를 1594년에 마치고 1594년에 발표. 〈티투스 안드로
니쿠스〉를 쓰기 시작하여 1594년에 발표함.

1594년 〈더 투 젠틀맨 오브 베로나〉를 1594년 써서 1623년에 발표
함. 〈러브스 레이버스 로스트〉를 1594년부터 1595년 사이
에 쓰고 1598년에 발표.

1595년 '로드 챔버레인'의 극단 주주가 됨. 〈로미오와 줄리엣〉을 씀.

1596년 아들 햄넷이 죽음. 〈한여름밤의 꿈〉을 써서 1598년에 마치
고 1600년에 발표함. 〈베니스의 상인〉이 이 사이에 쓰여진
듯함. 〈헨리 4세〉를 쓰기 시작하여 1600년에 마침.

1597년 '뉴 플레이스'를 사들임.

1596년 〈헨리 5세〉를 집필하여 다음해에 발표함. 〈줄리어스 시저〉
를 집필함. 글로브 극장이 개관되어 셰익스피어 극단이라
고 할 수 있는 '챔버레인즈 맨'을 사용하기 시작함.

1600년 〈햄릿〉을 집필하여 다음해에 마침.

1601년 〈리차드 2세〉를 공연함. 〈십이야〉를 써 1602년에 완성함.

1603년 〈오셀로〉를 쓰기 시작해 다음해에 마침. 이 해에 〈보석을
위한 보석〉을 써 다음해에 완성함.

1605년 고향과 그 근처의 대지를 구입하여 극장을 세움. 〈리어왕〉

을 쓰기 시작하여 1606년에 마치고 1608년에 발표함.

1606년 〈맥베스〉를 집필함. 〈안토니우스와 클레오파트라〉를 쓰기 시작하여 1607년에 마침.

1607년 장녀가 결혼하고, 동생이 사망함.

1610년 〈심벌린〉을 집필하기 시작함. 〈겨울 이야기〉와 〈더 템페스트〉를 1610년부터 1611년 사이에 씀.

1612년 이 해 〈헨리 8세〉를 쓰기 시작해서 다음해에 마침.

1613년 글로브 극장에 화재가 일어남.

1616년 사망함.

대학권장도서 베스트 05

베니스의 상인·맥베스

초판 1쇄 인쇄 2009년 12월 10일
초판 1쇄 발행 2009년 12월 17일

지 은 이 셰익스피어
옮 긴 이 김재남
펴 낸 이 신원영
펴 낸 곳 (주)신원문화사

편   집 김준균 장민정 김진희
디 자 인 송효영
영   업 이정민
총   무 양은선 김희자 정하영 정설화 강수연
관   리 조경화 김황식
경영지원 윤석원

주   소 서울시 강서구 등촌1동 636 – 25
전   화 3664 – 2131~4
팩   스 3664 – 2130
출판등록 1976년 9월 16일 제5 – 68호

* 파본은 본사나 서점에서 교환해 드립니다.

ISBN 978-89-359-1509-5 (03840)
ISBN 978-89-359-1504-0 (세트)